天使と石ころ

藍内友紀

早川書房

天使と石ころ

目次

第一章

1

リベリアの赤土がむき出しになった道で、極彩色のふわふわとした装束が跳ねている。夕日の赤や乾季の空色、太陽の黄に染めた糸で全身を包んでいるのだ。獣のような見てくれのわりに、この辺りでは滅多に見ない黒い革靴を履いている。跳ねるたびに、わさっ、わさっ、と糸が乾いた音を立てる。糸が空気を含んで、どんどん体が膨れていくようだ。頭には水牛の皮の帽子を被り、顔はヒョウの毛皮で覆われていた。

僕はそれを三ブロック離れたところから眺めていた。七歳だった僕は、得体の知れないそれが怖かったのかもしれない。胸に抱えたポリタンクの中で水がゴポンと鈍い音を立てたのを覚えている。

隣に立つ母は、そんな僕を小さく笑った。

ちょうど水汲みから戻るところで、母は赤いスカーフを巻いた頭の上に大きな樽を載せていた。母はどんなに重たい樽でも軽々と頭に載せて運んでしまう。市場に落花生を売りに行くときだって、古着を売って新しい古着を買いに行くときだって、母の頭の上にはいつも賑やかに商品が載っている。

僕はまだ、水の入ったポリタンクを抱えるのが精一杯だ。

母は片手で頭上の樽を支え、もう片方の手には僕が抱えているのと同じポリタンクを提げている。母が歩くたびに、たぽん、たぽん、とポリタンクの中で水が騒いだ。

「あれが」と母が言った。「怖い？」

僕は母を仰いで、頷いたかもしれない。太陽がちょうど母の頭上に来ていたせいで、まともに眩《まばゆ》い光を見上げることになった。母の顔が見えない。逆光で黒々とした樽ばかりが視界を塞いでいる。

「大丈夫よ」母のため息のような笑い声が降ってきた。「あれは、踊る悪魔。先住者の揉め事を解決してくれる悪魔だったの。解放奴隷たちの言う悪魔とは違う存在よ。でも今は……ただの政府の代理人よ。姿ばかりを真似て、せいぜい詐欺まがいの交渉を請け負うだけよ」

「政府の、悪魔なの？　僕たち、呪われるの？」

「カラマは」と母は僕を一瞥すらせず、僕を呼ぶ。「呪いが怖い？」

「怖いよ」と答えるには、僕たちはもっと怖い物を——銃を、知ってしまっていた。

だから僕は黙って顎を引く。通りの向こうで跳ねる極彩色の悪魔の毛並みを、睨む。

「本物の踊る悪魔はね、人間同士の問題が暴力や銃弾では解決できないときに来てくれるの。いいえ、暴力や銃弾でたくさんの人が傷つかないために、来るのかしら」

雨季の雷鳴めいて、連続した太鼓の音が響いていた。木製の細長い太鼓を肩から掛けた人々が悪魔を囲んでいる。つま先でぐるぐる回ったり跳ねたりしながら乾季の道を練り歩いているせいで一歩ごとに土埃が立ち、彼らの真っ赤なパンツと革靴とをくすませていく。

「もう、遅いのに……」

悪魔の姿が土埃に包まれている。そのくせ眩い色彩は汚れることもなく、不気味な鮮やかさを保っていた。

母の陰鬱とした表情に反し、通行人たちは笑っている。悪魔に近寄りこそしないものの、全身の糸が揺らめくのに合わせて手を叩いたり大きな声で歌ったりしている。政府の代理人を歓迎しているというよりは、単純にお祭り好きの性分が出ているのだろう。

「悪魔は」僕は悪魔の革靴のてかりを見ながら言う。「なにを解決しに来たの？」

母はゆっくりと首を巡らせた。たぽん、と母の頭上で樽が重たい音を立てる。

「川の、問題よ」

僕は頬が冷たくなるのを感ずる。悪魔の革靴で自分自身が踏み拉《しだ》かれるような錯覚を抱く。

——二番目の兄であるニオは、川で死んだ。

つい先週の真昼のことだ。ニオは村のすぐ傍を流れるファーミントン川で働いているところを撃たれたのだ。撃ったのはマージビ郡の治安維持部隊だったという。

「連中は」と唾棄したのは、ニオと一緒に働いていた父だった。「まるで的当てみたいに、ニオを撃ったんだ。まるで的当てみたいに……」

まだ十一歳だったのに、と続けた父は、涙をこらえて獣のようなうなり声を漏らした。

ニオの葬儀には村のほとんどの人が来てくれた。誰もが、ひとつ間違えば撃たれていたのは自分の家族だったかもしれない、と思っていたからだ。

この村は、ファーミントン川の底から見つかるダイヤモンドで成り立っている。

毎朝、父とニオ、そして一番上の兄であるモリバは連れだって川へ出かけていた。父だけじゃない。村のほとんどの働き手が川へと向かう。茶色く濁った川面に小舟を浮かべて、水底へ潜っていく。船を持っていない家族は川岸に横穴を掘って、泥と水の中に潜る。

潜るのはたいてい体の小さな子供の役目だった。エアーコンプレッサーにつながれた細いホースを咥《くわ》えて、ダイヤモンドが隠れているかもしれない砂利をかき集めるのだ。川にはエアーコンプレッサーのとつとつという稼働音が絶え間なく響いている。

父は小舟を操る係だった。川の中程までこぎ出たところで、ニオがエアーコンプレッサーにつながった細いホースを咥えて茶色く濁った水へと潜るのだ。川の流れに負けないように脚を踏ん張りながら、魚獲りの網で作った大きな袋いっぱいに土や砂利を詰め込んでいく。袋がいっぱいになると、ニオは腰につながった命綱を引っ張る。それを合図に、船の上にいる一番上の兄のモリバが土砂の詰まった袋ごとニオを引っ張り上げるのだ。

船の上にいる父とモリバは、ニオにつながった命綱の様子を気に掛けながら、船から身を乗り出してザルに入れた土砂を丁寧に浚《さら》う。

そうしていると、ザルに光る石が残ることがある。

――ダイヤモンドだ。

黄色くくすんだものや透明なもの、小指の先ほどの大きさから砂粒みたいなものまで、さまざまだ。週に二度、そのダイヤモンドを求めてレバノン人商人が村を訪れる。

それが村の生活を支えている。

おんぼろエアーコンプレッサーはときどき前触れなく止まってしまうし、土の入った袋は重たくてうっかりするとニオを押し潰してしまう。船から身を乗り出すモリバも川に潜るニオも、船を操る父だって泳げない。だからみんな、溺れない『おまじない』として足首の後ろに魚の刺青《トライバル》を入れている。

もちろん、ひと粒のダイヤモンドすら採れない日だってある。この村はみんな、命がけで川底から小さな幸運を拾い集めて食いつないでいるのだ。

それなのに、治安維持部隊の連中は安全な岸から、川に浮かぶ小舟を撃ったのだ。

父とモリバは船の中に伏せて無事だった。けれど濁った水の中にいたニオは、水面から顔を出してしまった。たぶん、コンプレッサーが止まってしまったのだろう。咥えたホースから送られてくるはずの空気がなくなり、必死に手足を動かして浮かび上がったニオを待っていたのは潤沢な酸素ではなく、銃撃だった。

父とモリバがニオを船に引き揚げようとしたけれど、銃撃が激しくてかなわなかったという。ニオはしばらく川面でもがいていたものの、すぐに茶色い川の中に沈んでいった。

結局ニオが家に戻ってきたのは、治安部隊が去った翌々日のことだった。村からずっと下流、歩いて二日もかかる所まで流されていたのだ。

葬儀の日、自動小銃の弾と川の水とでぐずぐずになったニオの体からは、埋葬の布で包んでなおじくじくと血がにじみ出ていた。足首《おまじない》の後ろの魚は確かにニオを溺死からは守ってくれたけれど、銃弾の前では無力だった。

「どうしてニオが死ななきゃならなかったの?」と問うた僕に答えてくれる大人はいなかった。親戚の女の人たちはみんな泣き崩れていたし、男の人たちは一様に唇を引き結んで怖い顔をしていた。


——だから悪魔が来たんだ。

苛烈な太陽の下で水の入ったポリタンクを抱えながら、僕はそう理解する。

悪魔が、真面目に働いていただけのニオを殺した連中を同じ目に遭わせてくれる。もう誰も川で撃たれないように、悪魔がその力で守ってくれる。

そう思ったのに、母は疲れた声音で「あの悪魔は」と続けた。

「きっと、わたしたちからダイヤモンドを奪っていくよ」

「どうして? 先住者《僕ら》の、悪魔なんだよね?」

「そう。解放奴隷たちからこの国の政治を取り戻した先住者の、代理人よ」

「……先住者の代理人なら、僕らの味方じゃないの？　どうして僕らからダイヤモンドを奪うの？　それじゃあニオを撃った連中と同じじゃない」

「そうね」ため息の延長で頷いた母は、そのくせ慌てた調子で「いいえ、いいえ」と否定を繰返した。「悪魔は暴力を振るわないの。ニオのように銃で撃たれて殺されたりはしないから、大丈夫。ただ平和に、話し合いで、わたしたちをここから追い出すのよ」

僕は、ひょこひょことおどけた調子で歩く悪魔を見る。わさ、わさ、と悪魔が歩くたびに体を包むカラフルな糸が音を立てる。不気味なヒョウ柄の顔は、虫食いだらけだった。いや、貝殻だ。河原で死んだ魚を貪《むさぼ》っている貝たちの殻が縫い付けられて、まるで無数の目のようだ。

あれに追われて村から逃げ出すことを想像した瞬間、ニオをどうすればいいのだろう、と思った。

ニオは村の端にある墓地に埋まっている。お腹が破れたニオをたったひとりで土の中に残して、僕たち家族はどこに行けばいいのだろう。

ニオは優しい兄だった。自分はいつだって裸足なのに、僕にはゴムのサンダルを履かせてくれた。僕の、魚のトライバルが入っていない足をにぎにぎと揉みながら「カラマはまだ皮膚が柔らかいから」と笑うのだ。

「すぐに怪我しちゃうだろ。川底の砂利は痛いんだぞ。そのうち、おれたちみたいに足の裏が硬くなるから、そうしたら一緒に働こうな。兄弟でいっぱいダイヤを採って、もっと母さんに楽させてやるんだ」

そう語っていたニオは、素足のまま土の下にいる。もう二度と、僕と彼が一緒に川底を歩くことはない。

「でも大丈夫」という母の声で、我に返る。ニオの優しい幻は、太陽光にかき消されてしまう。「踊る悪魔は所詮、踊る悪魔だもの」母は、どこか歌うように言う。「呪いを掛けるっていうけれど、銃は持っていないの。銃は怖いのよ。簡単に死んでしまう。簡単に殺せちゃう。だから」

だから、と続ける母の声に、乾いた破裂音が重なった。

——発砲音だ。

まるで母が銃声を呼んだようなタイミングだった。

それなのに、母は驚いた様子で周囲を見回した。母の頭から樽が落ちる。道で跳ねて、水を撒《ま》き散らしながら転がっていく。

母が頭の上からものを落とすところを見たのは、初めてだった。

呆気にとられる僕の手を、母が摑んだ。指の骨が折れるんじゃないかと思うほどの力だ。思わず僕もポリタンクを取り落とす。ゴムサンダルを履いた足の甲にぶち当たって痛かったのに、母はお構いなしに僕を引っ張った。

たたた、と連続した銃声が降ってくる。鈍い爆発音もした。家々の壁で音が反響して、どこから撃たれているのか皆目わからない。

少し走ってから、母は一軒の家の前で足を止めた。土とレンガとで組まれた低い塀が前庭を囲んでいた。バナナの葉で葺《ふ》かれた庇《ひさし》が、プラスチック製の椅子とテーブルに影を落としている。いつもなら、そこでは老人たちが茶を飲み交わしている。今は誰もいない。転がったプラスチックのカップが、じっとりと土を濡らしているだけだ。

母は僕の手を引いて、塀の陰に身を潜めた。

どぉん、と腹の底に響く爆発音がして、ぱちぱちとなにかが爆ぜる音が聞こえる。

母は自分の脚の間に僕を座らせると、ぎゅっと胸に掻き抱いた。母の心臓の音が頰から伝わってきた。さながら踊る悪魔の周囲で打ち鳴らされていた太鼓のようだ。

「大丈夫」母の囁き声が妙に甲高い。「大丈夫。少しだけ隠れていれば、そのうち止むわ。雨季とおんなじ。静かにしていればっ」

たたた、と発砲音が近くで上がった。母は体を竦《すく》ませて言葉を切る。ぞうぞう、と母の呼吸音は増水した川みたいにうるさい。爆発音の雷鳴と、トタン屋根を激しく叩く雨音に似た銃声で、本当に雨季のただ中にいるようだ。

何人もの人が駆け抜ける足音、女の人の悲鳴、男の人の怒鳴り声。子供の名前を必死で叫ぶ親や、見捨てないでくれと懇願する老人たち。そういうものがぼんやりと遠くで響いていた。

母の「大丈夫」という声が、肌から直接伝わってくる。

「大丈夫。そう、自分に言い聞かせて。大丈夫」
妙に芝居がかった言葉に、あれ？　と思う。母の囁きが小さく抑揚を帯びている。母がキッチンに立つとき、よく流している磁気テープに収録されている曲だ。でも声が震えて、全然歌えていない。それでも母はおまじないみたいに、大丈夫、と馴染みの音階で繰り返す。

どれくらい時間が経ったのか、息苦しさを覚えて僕は母の腕の中で身動《みじろ》ぐ。意外にも母の腕は簡単に緩んだ。

あれほど明るかった世界は薄紫色になりつつあった。もう夕方に近いのだ。銃声や爆発音も聞こえない。甘苦く、なにかが焼ける臭いが充満していた。

川に行っている父や兄はどうなっただろう、と首を伸ばしたとき。

ざり、と低い塀の向こうで足音がした。母が勢いよく僕を引き寄せた。突然のことだったので僕はバランスを崩して尻餅をついてしまう。

塀の陰から子供が見えた。通りを歩く女の子だ。年の頃はニオと同じくらいだろう。この辺りでは珍しく、スニーカを履いている。ハーフパンツとTシャツ、腰には大きなバッグを吊るして――自動小銃《カラシニコフ》を腰に構えていた。

女の子は僕らが隠れる家の前を数歩行き過ごしてから、振り返った。なにかを探すように視線を巡らせる彼女と、眼が合った。

あ、と思ったときには遅かった。彼女はつかつかと足早に僕らの前まで来る。銃口で母の頬を突く。母が小さく息を呑むと、彼女は白い歯をこぼして笑った。

「まだ、いたんだ」

明るい口調だった。笑顔と相まって、古くからの友人に再会したような錯覚を抱く。でも、そんなはずはない。彼女の右手の人差し指は引き金に掛かっている。今にも撃ちたそうに指の腹でリズミカルに引き金を叩いている。痙攣《けいれん》しているだけなのかもしれない。

「ねえ」彼女の声は親猫に甘える仔猫のようだ。「立って。一緒に行こ」

「……どこに？」と答えたのは、僕だ。母は荒い呼吸を繰り返している。体が震えて歯がカチカチと小さな音を立てていた。

彼女は声を上げて笑った。母の怯えっぷりが面白くて仕方がない、という様子だ。

彼女の銃口が母の口に突っ込まれた。「じゃま」と彼女は銃で母を突き飛ばす。駄々をこねる子供特有の軽い調子だったのに、母の前歯は簡単に地面に散らばった。一拍遅れて母の口から血があふれ、乾いた土に染みこんで紫色になる。

慌てて母の血を受け止めようと手を伸ばしたけれど、彼女のほうが素早かった。僕の二の腕を強く引っ張って僕を母から引き剥がす。

「ねえ、きみ、なまえは？」

「え？」と間の抜けた声が出たかもしれない。彼女のあまりにも親しげな態度と笑みに混乱して、彼女と血を流す母とを見比べる。

「ねえ」彼女は焦れたように銃を抱えた肘で僕を小突いた。「なまえ。きみの。ことば、わかる？　えいご、わからない？」

答えなければ撃たれる。そう反射的に理解した。

「……カラマ」

「いくつ？」

「……七歳、か八歳」

「ああ」彼女は急に顔を曇らせた。「じゃあ、ダメかなぁ。大佐が、ダメっていうかも……せっかく家族を見つけたのに……カラマがもうすこし、おおきかったら、よかったのに……」

彼女は「ダメかなぁ」と繰り返しながら僕を手放すと、母の頭に巻かれた真っ赤なスカーフを摑んだ。乱暴に引き剝がすと、ふわりと風を含ませてから自分の首元に巻き付ける。くるりとその場で回って「にあう？」と僕に訊いてくる。

全然脈絡のない彼女の行動に戸惑いつつも、僕は、うん、と頷いた。

彼女はそれで満足したらしい。スカーフを奪われた母の頭を銃口で突き、「立って」と妙に平淡な抑揚で言った。

母が、ふらりと立ち上がる。彼女の銃口に背を押されて、つんのめるように歩き出す。

僕は彼女の隣を歩いた。まるでお使い帰りの友達同士のようだ。僕と彼女の影が地面に伸びていた。その先に、母がいる。母から滴る血を踏んで、僕と彼女が歩いている。

村のあちこちから真っ黒い煙が立ち上っていた。あまりにも薄暗いから夕方だと思っていたけれど、太陽はまだ高い場所にあった。村を覆う黒煙のせいで陰っているのだ。

戸口から激しく火を噴き出している家が何棟もあった。家の前の低い壁は崩れて、赤黒いなにか――たぶん人の体だ――が垂れ下がっている。あちこちに血と銃弾の痕があった。

道の真ん中に、大きな獣がうずくまっていた。家々で飼われていたどの犬より大きくて、ハイエナのたてがみみたいな長い毛に覆われている。

ぎょっとした僕を、彼女が笑う。

「だいじょうぶだよ」

もう死んでるから、と事もなげに言って、彼女は銃を抱えていないほうの手で僕の手を握る。べっとりと濡れた掌だった。汗かもしれない、と思いながら、本当は別の可能性にも行き当たっていた。彼女の手は、血で濡れているのだ。

僕の心臓が大きく早く脈を打つ。怖かった。彼女の笑みが、友達と話すような口調が、怖くて仕方がない。どことなく呆けているような呂律《ろれつ》も、目に映る全てに興奮しているような声の甲高さも、全てが状況と噛み合っていないのだ。

彼女に手を引かれて、道にわだかまる毛玉の横を通り抜ける。そのとき、血で束になった毛の隙間から、青白い掌が覗いていることに気がついた。人間の手だ。獣のような衣装を被った人間が、死んでいる。

――踊る悪魔だ。

「わたしが」彼女は誇らしげに顎を上げる。「ころしたの」

「呪われるわ」母のくぐもった声が応じる。「人間が悪魔を殺すなんて、きっと呪われる」

彼女は、たたん、と空を撃った。体を強張らせる母と僕とを「よわむし」と笑って、力強い足取りで黒煙の下を歩き続ける。

きっと彼女も、悪魔の呪いより銃弾の力を、その恐怖を、身をもって知っているのだ。


彼女に手を引かれて、村の真ん中にある広場に辿り着いた。

村の人たちが――逃げ遅れた子供や女の人、川の仕事から駆け戻ってきたばかりの男の人たちが集められていた。僕はその中に父とモリバを探す。でも見当たらない。村と川とは百五十メートルも離れていない。この騒ぎに気づけない距離じゃない。ふたりがここにいないということは、まだ川から戻って来ていないか、どこかに隠れているかだろう。

広場に集められていたのは人だけではなかった。燻製肉や缶詰、キャッサバやトウモロコシ《メーズ》といった食料から、Ｇ3やＡＫ－47《カラシニコフ》といった自動小銃《アサルトライフル》、携行式対戦車擲弾発射器《ＲＰＧ》なんかが山積みにされている。村の自警団や各家庭に備えてあった自衛のための武器だ。

村人たちは一列に並ばされていた。周囲には、彼女と同じように自動小銃を抱えた子供たちがうろうろしている。手持ち無沙汰なのか、怯える子供を小突いたり女の人の足首を摑んで引きずり回してどれくらいスカートがめくれ上がるかを競ったりしていた。

——子供兵士だ。

どこかの村から拉致されたり、食べていくために自らすすんで兵士になった子など事情はさまざまだ。けれど。

「子供兵士はね、人を殺して遊ぶんだよ」と隣家のセタ婆が教えてくれたのを覚えている。セタ婆の痩せて皮膚の弛《たる》んだ二の腕には、娘時代に子供兵士から刻まれたという、長く深く陥没した傷痕が残っていた。「子供兵士たちは、人を殺すと大人に褒められると信じているんだよ」

そんな子供たちが、村中を徘徊しているのだ。

母は、彼女の銃口に押されて村人たちの列に加わる。僕も母の隣に立とうとして、「きみは、こっち」と引き留められる。彼女はまだ、僕の手を握っていた。僕を村人たちの前に立たせると、後ろから覆い被さるように僕を抱きしめる。

「ねえ、カラマ。だれを、えらぶ?」

頭上から彼女の間延びした声が降ってくる。

えらぶ?　と訊き返したいのに、声が出ない。彼女の腕が、僕の腹の辺りに垂れている。そこに握られているカラシニコフの重みが、彼女を通して僕の肩にずっしりとのしかかる。

——僕が選んだ人は、殺される。

そう直感した。頭頂部に彼女の顎が刺さっているせいで、彼女の考えていることが流れ込んでいるのかもしれない。

「ねえ」焦れたように彼女の腕と、握られたカラシニコフが左右に揺れた。僕の体も不安定に揺さぶられる。「だれが、いい？　きみが、えらぶんだよ」

このまま誰も選ばなかったとしても、僕が殺される。ならいっそ、母以外の誰かを選んでしまったほうが。

そう考えたとき、女の人の絶叫が轟《とどろ》いた。

並ばされていた村人だけでなく、僕を抱きしめていた彼女までもが驚いた様子で素早く声の方へ顔を向けた。

お腹の大きな女の人が地面を転げ回っていた。両手で自分の顔を押さえている。女の人がのたうつのに合わせて指の間から血があふれ、地面に散らばっていた。

すぐ傍には、ニオとさして歳の変わらない男の子たちが立っていた。体を折って、笑い転げている。カラシニコフやG３を提げ、ナイフを持っていた。彼らの足元に、大きなヒルが落ちていた。あとで知ったことだけれど、ヒルのように見えたのはお腹の大きな女の人の鼻だった。彼らは遊び半分に女の人の鼻を削いでいたのだ。

「いいなぁ」彼女が危うい呂律で呟いた。「ああいう派手なことができる子は、大佐に大事にされるんだ」

「大佐……？」

彼女は僕の声など聞こえていない様子で、自動小銃を持った男の子たちと顔を押さえてうずくまる女の人を眺めている。少しして、彼女は「あ」と場違いに明るい声を上げた。

不吉な予感がした。僕は奥歯を食いしばって顎を引く。そんな僕の反応などお構いなしに、彼女は僕に回した腕に力を込める。彼女の握るカラシニコフが僕の腰に当たる。彼女の両腕が僕を導く。

「わたしが見つけたんだから、カラマはわたしのものだよね？」

彼女のカラシニコフが、いつの間にか僕の手の中にある。僕の人差し指が、引き金に触れている。彼女の指が重ねられていた。

引き金から指を外したかったけれど、僕の指先は引き金と彼女の指とで挟まれている。力加減を間違えれば、うっかり引き金を絞ってしまいそうだ。

右腕が引きつって鋭い痛みを発する。筋肉が極限まで緊張しているのだ。

「きょうから、きみは、わたしの家族になるの。わたしがお姉さんでお母さんで、きみが弟で子供。ね？　いいでしょう？　きっといい家族になれるよ。だから、ほかの家族なんて」

僕の手が、彼女の腕が、村の人たちに、そこに並ぶ僕の母に、カラシニコフを向ける。

引き金に掛かった指が外れない。一列に並ばされた人々の、いい年をした大人たちの怯える顔が楽しくて笑いが漏れる。いや、笑っているのは僕じゃない。彼女だ。

「ひつよう、ないよね？」

わさっ、と糸で作られた毛皮が跳ねる音がした。踊る悪魔が彼女に乗り移っているのかもしれない。それは、彼女に抱きしめられている僕にも容易《たやす》くとり憑くだろう。

僕は首を振る。嫌だと言いたかった。彼女を振り返りたかったのかもしれない。でも、瞬きひとつできなかった。眼球の表面が乾いて、涙が滲《にじ》んだ。あふれた涙が頬を伝ってむず痒《がゆ》い。

「カラマ」母の、微笑みに歪んだ唇が、歌うように僕を呼ぶ。「大丈夫よ、大丈夫ね？　ひとりでも、大丈夫、でしょう？」

激しい雷鳴が僕を貫いた。呼吸が止まる。腹の横に構えたカラシニコフの銃声と母の囁きと踊る悪魔の気配とが、僕を突き飛ばす。それなのに、尻餅をつくことすら許されなかった。

彼女の熱い体に支えられて、僕は立ち尽くす。村の人たちの呻き声と命乞いの絶叫とを見下ろして、僕は笑っていた。泣き叫ぶような笑い声を上げていた。

本当に笑っていたのは、僕の背後に立つ彼女《悪魔》だったのかもしれない。

2

薄紫色の空の下、僕らは赤土の道を歩いていた。両腕で抱えているのはずっしりと重たい木箱だ。中には銃弾の入った紙箱が詰まっている。村の自警団が保管していたものだ。

僕の前後には、村の子供たちが連なっている。抱えているものこそ銃弾だの缶詰の入った木箱だのトウモロコシ《メーズ》だのとさまざまだけれど、どれもが僕の村から持ち出したものだった。

周囲を取り囲むように、カラシニコフやG3といった自動小銃《アサルトライフル》を抱えた子供兵士がいた。もちろん彼女も、カラシニコフを携えて僕の隣を歩いている。キョロキョロと周囲へ顔を巡らせて、政府軍の襲撃を警戒してくれているのだ。

彼女は村で出逢ったときよりずっと、シャキッとしていた。危うかった呂律が年相応の――といっても彼女がいくつなのかは知らない。ニオくらいの歳に見えたけれど、本当はもう少し幼いのかもしれない――勝ち気な調子になっている。

道を往く僕らの先頭と最後尾には武装したピックアップトラック《テクニカル》がそれぞれ一台ずついた。先頭の荷台にはロケット砲が、最後尾のそれには重機関銃が据えられている。僕の村を襲った政府軍を撃退してくれたものだ。今だって彼女たちは、政府軍にめちゃくちゃにされた村から逃げ出す僕らを守ってくれている。

「武器はね」と足取りを弾ませた彼女が教えてくれる。「ソマリアから来るの」

彼女は子供たちの列を振り返り「あれは」とテクニカルを指す。

「NISSANの日本車で、荷台のは旧ソ連製のDShK《デシーカ》38重機関銃。リビアの船がソマリアから運んでくれたんだよ。これだって」彼女は肩に提げたカラシニコフをひょいと持ち上げた。「リビアがくれたの。ほら、刻印がないでしょう? ソマリアはわざわざ刻印のないカラシニコフを注文したんだって」

変だよね、と笑った彼女は「だから」と銃を寝かせて木製の台尻を指先で示す。鉤《かぎ》裂きになった歪《いびつ》な四角形が刻まれていた。そのマークにどんな意味があるのか、僕にはわからない。

「自分で刻印したの。これがわたしの銃だってわかるように、部隊の誰かが間違って持っていかないように、自分だけの銃にしたの」

誇らしげにカラシニコフを携えた彼女は、少し眩しかった。たぶん僕は、彼女の口から語られるリビアという存在に嫉妬していたのだ。もっともリビアがどんな人なのかなんて——リビアやソマリアが国の名前だなんて、このときは考えもしなかった——想像もつかない。彼女だって、リビアについて具体的に教えてくれなかった。

僕は彼女の話に曖昧に「ふうん」と鼻を鳴らしながら、重たい木箱を抱え直す。彼女の陽気な語り口に励まされながら、赤土の道を延々と歩く。

僕の隣にはずっと彼女がいてくれたけれど、話し相手のいない他の子たちはしょぼくれていた。

途中でゴムサンダルの鼻緒が切れて裸足になっている子もいた。柔らかい足の裏に小石が刺さるのだろう。そういう子は列からどんどん遅れていって、最後には姿が見えなくなった。やけにあっけない銃声が一発だけ追いかけてきたから、最後尾の誰かがこれ以上荷物を抱えて歩かなくていいように楽にしてやったのかもしれない。

そうこうしているうちに薄紫色の夕焼けは星空になっていた。

僕らは休みなく夜通し歩く。

星々が散った空は眩しいくらいで、月もないのに周囲がよく見通せた。テクニカルの前照灯のおかげかもしれない。

翌日の昼近くになって、ようやく彼女の村に到着した。

僕たち新参者は、村の中央の広場へと集められた。重たい荷物を下ろした途端に一歩も動けなくなる。尻餅をつくように座り込む。

「立て！」と腹の底に響く怒声が降ってきた。爆撃のような声だったから、僕らは反射的に立ち上がる。

木箱の上に男の人が立っていた。

屈強な男の人だ。迷彩柄のカーゴパンツと黒いTシャツ姿で、袖を通していない迷彩服を肩に羽織っていた。筋肉質な太い腕で、銃剣のついたカラシニコフを携えている。彼女と同じ種類の銃なのに、彼の持つそれはひどく細くて頼りなく見えた。

――大佐だ。

瞬間的に理解した。ベレー帽を載せた頭は剃り上げられて、左側頭部には大きな入れ墨の紺色がのたうっている。黒い鋭角のサングラスが太陽を受けて真っ白に光っていた。

大佐のサングラスに睨《ね》めつけられながら、僕らは彼の演説を聴く。とはいえ、語られることの半分も理解できなかった。飲まず食わずで休みなく一晩中歩き通したせいだ。きっと他の子も同じだろう。ふらふらと体を揺らしながらなんとか立っている状態だった。

ひどい耳鳴りと頭痛の下でなんとか聞き取ったところによると、大佐は自分たちの部隊が――彼女をはじめとした子供兵士たちが――どれほど苦労して、僕の村の人たちを守ったかを語っていた。

「わたしたちは、汚職にまみれた政府から」カラシニコフを提げた彼女が、耳打ちをする。「この国を取り戻している最中なの。わたしたちが襲うのは、政府軍に支配されている村だけ。ワイロとユチャクばっかりの政府がこの国を支配しているなんて、おかしいでしょう」

おかしい、と言いながら、その実、彼女もなにがどうおかしいのか理解していないのかもしれない。だって彼女の言い分は、木箱の上に立つ大佐の言葉を繰り返しているだけだ。

でも、と僕はぼんやりと大佐を仰ぎながらニオを思い出す。エアーコンプレッサーのホースを咥えて命がけで川底からダイヤモンドを集めていたニオは、政府軍に撃たれて死んでしまった。村に来た悪魔は政府の代理人として、ダイヤモンドの採れる川から僕らを追い出そうとしていた。

つまり、あの悪魔を——汚職にまみれているという政府の代理人を——撃ってくれた彼女こそが、正しい。彼女こそが正義だ。

だから、彼女が信じて従っている大佐もまた、正しいのだろう。


その夜、村から脱出してきた僕らは男女に分けられた。僕を含めた男たちは壁ばかりが残っている家に押し込められた。僕と同じ年頃から、せいぜい十代半ばくらいの子供たちだ。思えば僕の村を助けてくれた兵士たちも子供ばかりだった。

一度は焼け落ちた家なのか、レンガ造りの壁もコンクリートの床も、あちこちが黒く焦げて煤けていた。眠ったり座ったりするためのマットのひとつだってない。オレンジ色のビニルシートを斜めに張っただけの屋根は隙間だらけで、星々が覗いている。

女の子たちは、別の家に連れて行かれた。と、すぐに悲鳴が聞こえてきた。耳を澄ませると泣きじゃくる女の子たちを怒鳴る男の声がいくつもした。

僕たちは互いに顔を見合わせて青ざめた。てっきり女の子が殺されてしまうと思ったのだ。でも助けになんて行けなかった。

僕は自分の両脚を抱えてうずくまる。眠ってしまおうと強く目を閉じたのに、瞼《まぶた》を通しても星の眩しさが突き刺さる。

チカチカとする視界の中に、母がいた。どうしてか顔が真っ赤に潰れている。隣にはニオとモリバ、そして父が立っている。ダイヤモンドの眠る川へ出かけたきり戻ってこなかったモリバと父が、母とニオの傍にいる。僕は襲撃を受けて殺されそうになり、さらに重たい木箱を抱えて夜通し歩かされたのに、僕以外の家族が幸せそうに寄り添っている。

なんとなく面白くなくて、僕は瞼を開く。星々に照らされた男の子たちが、夜の中に仄青く浮かび上がっている。誰もが心細そうに身を縮めて座り込んでいる。

「……大丈夫だよ」僕は誰にともなく囁く。「大丈夫。僕らは彼女たちの家族になったんだ」

「家族？」と誰かの掠《かす》れ声がした。「連中が？　ゲリラだぞ？」

「でも彼女は……」

家族になろう、と言ってくれた。だから僕は彼女と引き換えに母を——母を、どうしたんだっけ？　と考える端から思考がぐずぐずと崩れていく。

そも、彼女とは誰だっけ？　あの女の子だ。僕を後ろから抱きしめてくれた、カラシニコフを提げた子だ。政府軍に襲われた僕の村を救ってくれた、ゲリラの子供兵士。でも名前を知らない。訊かなかった。

言い淀んだ僕を、誰かが鼻で嗤《わら》う。「イカレてるよ」と哀れむ声がする。僕は瞼を閉じて、母を想う。母がキッチンで口遊《くちずさ》んでいた歌のワンフレーズを辿る。

お気に入りというより、たぶん母はこの歌しか知らなかったのだ。家にあった磁気テープに記録されていた音楽は何曲かあったけれど、どれもすり切れていてまともに聞き取れる歌はこれ一曲きりだったから。僕も母に倣って「大丈夫《It's Okay》」という歌詞ばかりを繰り返す。囁くように低く、祈るように高く、記憶の中の音階を追いかける。

「ねえ」と不意に鼻先で女の子の声がした。

僕は文字通り飛び上がる。呼吸を引きつらせて咽《む》せてしまう。

目の前に、彼女がいた。僕の村に来た踊る悪魔を撃った、あの女の子だ。もう夜なのに、まだ肩から吊るしたカラシニコフを抱えている。

「ねえ」と再び言いつつ、彼女はさらに顔を近づけた。大きな瞳が星空みたいに輝いている。

「今の、最初から歌える？」

てっきり夜更かしを咎められると思っていたせいで、僕は間抜けに口を半開きにしたまま「え？」と聞き返すことしかできなかった。

「歌だよ。今の歌。わたし、その歌知らないの。ねえ、教えて。どんな歌？　誰の歌？」

「どんなって……」

正直に言えば、僕は歌詞の意味を理解していなかった。僕らは英語を母語としているけれど、この歌の英語は僕らとは違う発音をしていてとても聞き取りづらいのだ。だから僕は、何度も繰り返した「大丈夫」以上の歌詞を正確には知らない。

けれど、そんなことを告白できるような雰囲気じゃなかった。僕は彼女の好奇心に答えるために、彼女のカラシニコフに視線を落として口を開く。

「……マライア・キャリーって歌手の曲だよ。大丈夫って言い聞かせる歌なんだ……たぶん」

彼女は「へえ」と息を漏らすと、僕の隣に腰を下ろした。脚の間に立てられたカラシニコフが、ビニルシート一枚きりの屋根越しに星を狙っている。

僕の二の腕が、彼女の体温を感じて火照っていた。

「ねえ」僕は秘密を訊く声音で囁く。「きみの名前は、なんていうの?」

「アイーシャ」彼女の声もまた、内緒話をする声量だった。

僕は「アイーシャ」と彼女の名前を噛みしめてから、彼女が望む歌の最初の音を口にする。秘密を打ち明ける低い音から、願いを告げる澄んだ高音へと丁寧に移る。

彼女は――アイーシャは、二音遅れて僕の後をついてきた。僕の邪魔をしないように小さな声で、彼女もまた歌う。

息継ぎの合間に、女の子たちの悲鳴や泣き声が滑り込む。だからこそ、僕は僕自身の歌声に集中する。記憶にある母の声を必死に辿って、それっぽく歌詞をつける。

――大丈夫。

アイーシャと、ビニルシートの下で身を縮める子供たちの何人かが、そのフレーズにだけ唱和した。

滑らかに切り替わる高音と低音との狭間で、僕以外の誰もが戸惑って音階を外れていく。僕だけが正しい音を辿れる。

でも、音を辿れたって意味がないんだ。僕にはアイーシャの抱えているカラシニコフも、少年兵士たちが提げていたG3も扱えない。触ったことすらない。アイーシャが従う大佐の屈強さを見れば、この村で大切なのは歌などではなく武器なのだと簡単に理解できる。それがなければ、この家族の中では生きていけない。

「大丈夫、まだ生きてる……」

アイーシャの呟きが、聞こえた。僕の歌を無視した、彼女個人の吐露だ。

あの村で悪魔すら恐れず勇敢に僕らを助けてくれたアイーシャも、僕らと同じ子供なのだと思わせる抑揚だった。

3

気がつけば朝だった。歌いながら眠り込んでいたらしく、喉が渇いて痛んだ。咳き込みながらビニルシートの下から出ると、苛烈な太陽が地平線から顔を見せるところだった。

隣の家の前では、女性たちが石を組み上げた釜で煮炊きを始めている。母と同じ年代の、大人の女の人だ。朝ご飯を作っているらしい。

その中に、アイーシャがいた。地面に座り込んで鍋の火加減を見ているのに、背中には相変わらずカラシニコフがあった。彼女は片時もあれを手放さないらしい。

村中の大人の男はもちろん、子供たちですらカラシニコフやG3を携えたままだ。大人の女の人と、僕の村から連れ出された子供たちだけが、非武装だった。

僕がアイーシャの方へと歩き出すと、彼女はすぐに気がついた。手を挙げて挨拶をしてくれる。僕は彼女の鍋を覗き込む。くるくると茶色い葉っぱが鍋の中で踊っていた。

「なにを作ってるの?」

「お茶だよ」彼女は素っ気なく言った。「これを飲むと、なにも怖くなくなるの」

「なにもって?」

「うん」アイーシャはどこかぼんやりとした表情で頷いた。「なにも。敵の弾にだってあたらなくなるし、死なないんだ」

「それは……」

呪術師——植物や動物の一部を使って大地に宿る精霊に呼びかけ、人を呪ったり守ったりする人のことだ——の領分だ。でも、どう見ても彼女は呪術師じゃない。大きな鍋で葉っぱを煮たところで、銃弾避けのおまじないなどできやしない。

けれど彼女は大真面目だった。大きな匙で薄茶色いお茶をすくうとプラスチックのコップに注いで、僕へと差し出す。

ちょうど喉が渇いていたので、素直にお礼を言って受け取った。火傷をしないように気をつけつつ、そろそろと熱いお茶を啜る。ほんのりと甘い。呪術的な強烈さなど欠片も感じられない。

こんなお茶で弾にあたらなくなるはずもない。

僕はただの水分として、甘いお茶を飲み干す。喉の渇きが嘘みたいに引いて、朝食を摂ったわけでもないのに妙に気分が良くなっていた。お茶の熱さで体が目覚めたのだろう。

不意にアイーシャが僕のTシャツの裾を引っ張った。顔を寄せて、内緒話をするようだ。

「もし誰かに……大佐に、歳を訊かれたら、十歳だって、言って」

「まだ七歳か八歳だよ」

「十歳に足りない男の子なんて、この部隊じゃ要らないんだよ。だから」

十歳だと偽って、と言い募る途中で、アイーシャは言葉を切った。最初からなにも言っていない素振りで煮立つ鍋に向き直る。

視界の端を大人の影が過《よぎ》った。

側頭部に大きな入れ墨を入れた、大佐だ。迷彩柄の戦闘服の腰には拳銃やナイフが吊られ、肩には銃剣を装着したカラシニコフを掛けている。どれも、はち切れそうに太い大佐の腕には不似合いな小さな武器だ。

アイーシャは大佐が出て来たのを見て、言葉を切ったのだろう。

「新入り！」年若い兵士が村中に届く声で叫ぶ。「集合！」

昨夜この村に保護された僕らのことだろう。アイーシャにコップを返してから、小走りに兵士の下《もと》へと向かう。

ビニルシートの屋根の家からは男の子たちが、大きな家からは女の子たちがぱらぱらと出て来た。女の子たちは一様に俯いていて、鼻を啜っている子もいた。泣いているのだろう。

兵士は子供たちの愚図っぷりに罵声を浴びせながら、僕たち新入りを広場に整列させた。子供たちひとりひとりの顔を覗き込んで、頭の先からつま先まで眺め回していく。

兵士が、ひとりの男の子の前で足を止めた。村の端に住んでいた子で、僕とはさほど歳の変わらない、僕より少し身長の低い子だった。

「おまえ」兵士が男の子の頭をわしづかみにして顔を上げさせた。「いくつだ？　歳は？　ここまで、なにを運んで来た？」

男の子は震えていて、声も出ない様子だった。

兵士は「まあいいや」とさほど興味もなさそうに男の子の胸を突く。尻餅をついた男の子に「下がってろ」と命じて、また次の子の顔を覗き込む。

だんだんと兵士が近づいてきて、僕の番になった。彼は僕を見下ろすと「いくつだ？」と低い声で訊く。

十歳以下ならば、先ほどの男の子と同じように列から外されるのだろう。外れた方がいいのか、残った方がいいのか、わからない。

「おまえ」兵士は身を屈めて僕の頬に威嚇的な息を吹きかけた。「歳は？　ここまで、なにを運んで来た？」

「銃弾を……」声が上擦った。「木箱に入ったやつ」

ああ、と途端に兵士の声が明るくなった。僕の肩を軽く叩くと、次の子の前へと足を進める。歳を答えていないのに、僕は彼の審問に合格したらしい。拍子抜けした。同時に、若い兵士に怯えてしまったことが馬鹿らしく思えた。

兵士が新入りの子供たちをひとりずつ眺め回している間、僕はサンダルの底で地面を擦りながら、アイーシャがくれた甘いお茶の名残を求めて口をくちゃくちゃさせていた。

しばらくすると検分が終った。結局、四人の小柄な男の子が列から弾かれた。兵士が四人を追い立てるようにどこかへと連れていく。

列に残された僕らは、やや年配の兵士に連れられて一軒の家へと案内された。

背の高い木製の棚が壁一面に置かれている家だ。バナナの葉で葺かれた屋根のせいで、室内は薄暗かった。昨日、僕らが眠ったビニルシートの屋根の家よりずっとしっかりしている。

年配の兵士は子供たちにカラシニコフを一挺ずつ渡していく。アイーシャが軽々と扱っていたので油断していたけれど、受け取った瞬間のあまりの重たさに、台尻を地面につけてしまった。そも、銃身が僕の肩ぐらいまであるのだ。

年配の兵士はじろりと僕を睨み下ろすと、「いいか」と低く言う。

「それは、おまえの命だ。その銃がおまえを生かしてくれる。その銃をぞんざいに扱えば、おまえの命もぞんざいに扱われる。いいか？　わかるか？」

うん、と僕は頷いた。

刹那、瞬きの合間に母の顔が浮かんだ。

血まみれの、顔が潰れた母だ。政府軍によって撃ち崩された母の顔が、カラシニコフをさらに重たくする。母はカラシニコフで殺された。けれど、僕を助けてくれたのもまたカラシニコフなのだ。

僕はしっかりとカラシニコフを胸に抱きしめて、薄暗い家を出る。同じように銃を抱えたみんなと一緒に広場に戻る。列から外された小柄な子供たちの姿は、見当たらなかった。

木箱の上の大佐は身動ぎもせず、まだそこに立っていた。まるで置物のようだ。

先に家を出ていた新入りたちに倣って、僕も大佐の前に整列する。他の子を待つ間、僕はカラシニコフをしげしげと眺め、いろいろなところを触ってみた。引き金に指こそ掛けなかったけれど、見よう見まねで構えてみたりもした。そして気づく。

弾倉が入っていない。つまり、あの年配兵士の言葉を借りるなら、僕の命はまだ空っぽなのだ。大佐や他の大人たちが「要らない」と判断すればすぐにでも処分されてしまうのだろう。

――母がそうであったように。

そう考えてから、あれ？　と首を傾げる。母を殺したのは政府軍だ。アイーシャたち反政府軍は、政府の代理人である踊る悪魔を殺して、僕らを助けてくれた。それなのに、どうして母を殺したのがアイーシャの部隊だなんて勘違いをしてしまったのだろう。

命の恩人を誤って記憶していた自分を恥じながらカラシニコフを握り直したとき、隣に女の子が並んだ。お互いの腕が触れ合うほどにすり寄ってくる。

ギョッとして顔を向ければ、僕と同じ高さに瞳があった。両方の瞼は青白く腫れ上がって、半分も開いていない。頬だって指先で突けば弾けそうなほど腫れている。

あまりの容貌に絶句した僕を、くぐもった囁き声が「カラマ」と呼んだ。——知り合いなのだ。けれど、誰だかわからない。身長や声から考えれば僕より少し年上の女の子だけれど、その縮れた髪は老人のように真っ白になっていた。

「モリバは？」彼女が、不明瞭な発音で問う。「一緒じゃないの？」

一番目の兄の行方を訊かれて、僕はまじまじと彼女の顔を見る。腫れ上がった容貌を記憶の中に探す。わからない。でもモリバを探す女の子には、心当たりがあった。

「……ハウィナトゥ？」

白髪の彼女が小さく頷いた。まるで正体を知られたことが恥ずかしくて仕方がないといった様子で、胸に抱えたカラシニコフに顔を落としてしまう。

ハウィナトゥは、モリバと同じ歳の女の子だ。村の食堂で働いていて、モリバが料理を買うときにだけ、キュウリやオクラのスープをおまけしてくれた。

だからダイヤモンド採りの後、夕食までの短い時間の空腹を紛らわせるために、彼女の店へ料理を買いに行くのはモリバの役目だった。僕も彼女の店のキャッサバの葉のパーム油炒めや茹で

トウモロコシを分けて貰ったことがある。特別美味しいわけじゃなかったけれど、僕もニオも

「あの子はモリバが好きなんだよ」と兄を揶揄《からか》いながら軽食を摂ることがなによりも楽しかった。

村の食堂ではにかむように笑っていた彼女は今、腫れ上がった顔でカラシニコフを抱きしめている。モリバに向けられていた朝露みたいに輝く瞳は、どんよりと地面に向けられている。なによりも白髪だと思っていたのは、焼け爛《ただ》れた頭皮にへばりつく、灰と化した髪の残骸だった。

昨夜は夜通し、女の子たちの悲鳴とすすり泣きが聞こえていた。僕はそれが怖くて自分の歌声でかき消して眠ってしまったけれど、彼女たちは逃げることも眠ることもできず一晩中激しい暴力にさらされていたのだ。

「ねえ」髪を焼かれたハウィナトゥが、起伏のない声で呻く。「モリバは？　いないの？」

「……わからないんだ」

安否すらわからない、と答える途中で「注目！」と大きな声が響き渡った。迷彩柄の戦闘服姿の大人兵士たちが子供たちの前に並んでいる。

木箱の上の大佐は子供たちをじろっと見回した。といっても大佐の視線は黒いサングラスに隠されている。僕たちはサングラスに映り込んだ自分自身に睨み下ろされることになる。

「この部隊は」大佐の声は若いライオンの咆哮みたいに腹に響いた。「みんな家族だ。家族は助け合う。助け合えない者は要らない。だから」

大佐はおもむろに肩に掛けていたカラシニコフを握った。銃口が木箱の下へ――僕らの足元へ

向けられる。

「これから、おまえたちが家族を助けられる人間なのか、見極める」

たた、と大佐が発砲するのと、横合いから「こっちだ」と兵士が叫ぶのとがほとんど同時だ。

僕らは一斉に駆け出す。兵士の声を頼りに、大佐の銃弾から逃げる。

木々の生い茂るジャングルに飛び込み、枝葉が頬や脚に激しく打ちつけるのも構わず走る。赤土の大地に出て、沼地を腹ばいで進む。

先導する兵士はチラチラと僕らを振り返るものの、待ってくれる気はなさそうだ。勝手知ったるジャングルなのか、絡み合う木の根に躓《つまず》くこともなく走って行く。

新入りの子供たちと先導の兵士との距離はどんどん開いていく。

意外なことに、僕は兵士の後ろにぴたりとついて行くことができた。息も切れない。受け取ったときにはあれほど重たかったカラシニコフを、小枝のように軽く感じる。一歩地面を踏むごとに自分の体が浮き上がっていくようだ。このままどこまでも走れる気がした。

ずっと背後で、ぱらぱらと小さな発砲音が上がった。殿《しんがり》の兵士が足の遅い新入りたちを威嚇しているのだろう。

どれほど走っていたのかは定かじゃない。先導の兵士の背ばかりを見ていたから、どこをどう通って村に戻ってきたのかもわからない。

気がつくと、僕は村の広場で兵士たちに囲まれていた。兵士たちが口々に何事かを言ってくるのが見えたけれど、一斉に口を開くせいで全然聞き取れない。誰もが笑っていた。

大佐は、僕らの足元に銃弾を撃ち込む前と変わらず、木箱の上に立っていた。それでも彼が置物でない証拠に、僕へ一瞥をくれると鷹揚に頷いた。

――僕は、この村の兵士として認められたのだ。

アイーシャと同じ年頃の子供兵士たちに腕を引かれて、広場の隅に座る。別の子が食事を持ってきてくれた。バナナの葉に盛られた蒸しトウモロコシと魚の燻製、木製の椀には蜂蜜のかかった練った粥《レウェー》が入っている豪勢なものだ。

急に空腹を思い出した。思えば昨日、踊る悪魔の死体から逃れてからずっと食事を摂っていなかった。

トウモロコシを口いっぱいに頬張って、喉に詰めかけた。周囲の子供たちが笑っている。誰もが、もちろん僕も、カラシニコフを提げている。でも僕のカラシニコフにはまだ弾倉が入っていない。

粥を飲み込んで人心地がついてから、アイーシャの姿が見えないことに気がついた。

「ねえ」と魚の燻製を齧りながら隣に座っている子に問う。「アイーシャは？」

さあ？　と首を傾げたその子は、前に立っている子に同じ問いを投げる。さあ？　という返事が何度か聞こえて、ようやく「偵察に出たんじゃないか？」という声がした。

「タフィを煮だしてたから、少なくとも今日は帰って来ないよ」

「タフィ《飴》?」

「マリファナだよ。煮だして甘いお茶にするんだ。あれを飲むと休みなく歩き続けられる」

「感覚が鋭くなって」別の子が身を乗り出す。「どんな遠くの敵だって先に見つけられる。弾にだってあたらない。弾が止まったように見えるから避けられるんだ」

ははは、と兵士たちが笑った。

今朝、アイーシャがこっそりと飲ませてくれた甘いお茶を思い出す。そして、どうして僕が大人の兵士に遅れることもなくジャングルを駆け抜けられたのかを理解した。

途端に頬張った魚の燻製が喉に閊《つか》えた。狡《ずる》いことをして食料を手に入れたのだ、と告白してしまいたくなる。

そのとき、子供兵士たちがわっと声を上げた。新入りが戻ってきたのだ。僕よりも十分以上遅い到着だった。ともすればカラシニコフを杖にしそうなほど、ふらついている子もいる。

子供兵士たちが「遅いぞ」「怠け者」「銃を下げるな!」と大声で囃《はや》し立てながら、楽しそうに大口を開けて笑っている。

広場に倒れ込んだ新入りに、カラシニコフを提げた女の子がトウモロコシと練った粥とを一緒くたに盛り付けたバナナの葉を渡してやっていた。

僕は一番速く帰ってきたから、こんなに豪華な食事をもらえたのだ。

隣の子がおもむろに腰から銃剣を抜いた。きらめく刃を太陽に透かして閃《ひらめ》かせる。

今、僕がズルをしたことを告白すれば、きっとあの銃剣が僕に突き立てられる。それは予感ではなく確信だった。

僕は素早く俯いて、トウモロコシを噛みしめる。「偵察って」とアイーシャの話題を蒸し返す。「どこまで行くの？　敵が近くにいるの？」

「とりあえず近くの村かな」と年長の子供兵士がつまらなそうに教えてくれた。「村から村へと食料をもらいながら移動して、大きな村を探すんだ」

てっきりこの村こそがアイーシャの生まれ育った村だと思っていたけれど、違うらしい。部隊は村から村へと襲撃を繰り返しながら、転々と移動しているのだ。

「この村」隣の子が抜き身のナイフで周囲を示した。「屋根が壊れてる家が多いからさ、雨季の前にもっとちゃんとした村に移りたいよね。政府軍の連中、村を出るときには屋根だの壁だのを破壊していくんだ。野蛮だろ」

僕たち新入りが夜を過ごした家の屋根も、ビニルシート一枚きりだった。壁もあちこちが煤けていた。あれは元の住人が、あるいはここを拠点にしていた政府軍の連中が、空っぽになった村でゲリラが休息できないように壊したせいだったのだ。もっとも、そんなケチな努力もむなしく、この村には子供兵士や大人の兵士が悠々と住み着いている。

「ひとつの村には、長く留まっても二ヶ月くらいだよ」年長の子は左右の人差し指を立てると、互い違いに前後に動かした。「俺たちは、足を止めたら死ぬしかないんだ。ずっと政府軍が追って来てるからさ」

なるほど、と僕は広場に集う子供兵士や大人の兵士を見回す。この部隊《家族》は料理をする女性と兵士とで構成されている。炊事係の女性以外は全員、大人も子供も武器を持っている。

ひとつの村に留まれないから、畑も作れない。トウモロコシ畑を耕し、キャッサバを植え、米を作る人たちが存在しない。作物を売ってお金を得ることもできない。食料や弾薬が少なくなればすぐに偵察部隊を出して、それらが存在する村を探し、分けてもらうか移住するかを繰り返すのだ。

僕がこの部隊の生活を理解している間に、周囲の子供兵士たちは僕の村を救った襲撃やその前の襲撃での行いを自慢し始めていた。

妊婦の鼻を削いでやった。老人の耳元で発砲したら、弾があたってもいないのに心臓が止まってしまった。人が隠れている家を丸ごと焼いた。どれほど残忍な手口で人を傷つけられたかの自慢大会だ。

「これは正当な復讐なんだ」と誰かの澄んだ声が響いた。「先にオレたちの家族を奪ったのは政府軍なんだから、今度はオレたちが苦しんで死んだ家族の分まで連中を痛めつけてやらなきゃ」

うん、と僕はどこか他人事のように頷いた。

政府軍に撃たれて死んだニオが背後に立っている錯覚に陥る。踊る悪魔が、母が、血だらけの顔で僕を見下ろしている。

——仇を討って。

母の幻聴がして、顔を上げる。周囲を見回す。

子供兵士ばかりが目につく。一様に笑みを浮かべて、興奮した口調で残虐行為の数々を語っている。ときおり喘ぐように、苦しそうな呼吸を継ぐ。笑いの合間に、疲れ果てたような無表情が挟まる。聞いている僕まで息苦しくなるくらいだ。

そんな中で、新人たちが次々と戻って来る。みんなカラシニコフを抱えて、這うように広場へ入って来ては、食事をもらっていた。どの子も魚の燻製はもらっていない。どうやら到着が遅い子ほど食事の量が減らされているようだ。

新入りたちの中で一番遅かったのは、ハウィナトゥだった。殿を務めた兵士に銃口を突きつけられて、立っているのもやっとという感じだった。息も絶え絶えで、ほとんど白目をむいている。白く灰になった髪の下で、頭皮がぶよぶよと腫れ上がり頭の形が変わっているのがわかった。太陽光の下で火傷が進んだのだ。

広場を睥睨していた大佐が木箱の上から飛び降りた。ハウィナトゥの前に立つと、なにも言わずその太い腕を振り抜く。

ハウィナトゥの細い体が吹き飛んだ。倒れ込んだきり起き上がらない。体がビクビクと痙攣している。それなのに、誰も助けに行かなかった。みんな遠巻きにしている。あれほどお喋りだった子供兵士たちも口を噤《つぐ》んでいた。

大佐はゆっくりと首を巡らせる。黒いサングラスが僕たち新入りを映しながら滑っていく。

「おめでとう」大佐は無表情に、重々しく告げた。「今日から、家族だ」

わっと大人の兵士たちが声を上げた。新入りたちの体を叩いて歓迎を示す。子供兵士たちも嬉しそうに僕の体を突いたり叩いたりしてくれた。

そんな喧噪の中で、広場に倒れているハウィナトゥだけがひとりきりだった。

結局、彼女は自分の力で起き上がるまでそのままだった。当然、彼女の食事は用意されなかった。彼女に僕の食事を分けてあげたかったけれど、こんなことになるとは思っていなかったから、彼女が目覚めるころには全て食べ終えてしまっていた。

その夜、僕は屋根のある家に招かれた。ベッドマットが置かれ、ハンモックが吊られている。同室の子たちはみんな、子供兵士だった。

こうして僕は正式に、大佐の家族となったのだ。


翌日、広場には何体かの遺体が転がっていた。小柄な子供たちと細身の少年だった。どの遺体も赤黒い血で汚れ、小柄な子供の遺体には砂が、細身の少年にはジャングルの落ち葉がくっついている。

小柄な子供は昨日、列から外された年少者たちだった。細身の少年は、ジャングルを走るうちに集団から遅れた——ハウィナトゥよりもずっと遅かった子だろう。

遺体の前に立ったのは、年配の兵士だった。昨日、僕に弾倉の入っていないカラシニコフを手渡してくれた男だ。

「昨日、我々が近くの村に避難させようとした子たちだ」彼は沈痛な面持ちで小さな遺体に目を落とした。「政府軍は、子供だって容赦なく殺すんだよ。よく見ておきなさい。殺されたくなければ、死にたくなければ、政府軍と戦うしかないんだ」

嘘だ、と僕は閃くように確信する。この子たちを殺したのは、大佐をはじめとする大人の兵士だ。けれどそれを証明することはできない。

年配の兵士はさも子供たちを哀れんでいるように顔を歪めて、彼らの身に降りかかった不幸を語る。曰く、列から外された幼い子供たちは別の村へ移動する途中で政府軍に見つかり、撃たれたのだという。曰く、細身の少年は自分の体力では新しい家族を守れないと悟り、自らジャングルを抜けて村を後にしたところを政府軍に殺されたのだという。

嘘だ、とたぶん僕以外の子供たちも理解していたはずだ。

ジャングルで、はるか後方から届いた銃声を思い出す。僕がもう少しゆっくり走っていれば、と細身の少年を見下ろす。ニオと同じくらいの歳の少年だった。僕が新入りの子たちを引き離して走ったりしなければ、この子は殺されなかったかもしれない。

ばん、と背中に鈍い衝撃が来た。驚いて振り返ると、大佐の大きな体がそびえていた。相変わらず黒いサングラスが威嚇的に輝いている。大佐に背を叩かれた、とわかるのに数秒かかった。

しかできない。

大佐の不機嫌な声に、血の気が引いた。なにを咎められたのかわからなくて僕はただ瞬くこと
「やめろ」

「そんな辛気くさい歌はやめろ」

歌？　と聞き返してから、はっとした。おそらく、無自覚に歌を口遊んでいたのだ。

――村の葬式で歌われる、賛美歌だ。

ニオを思い出したせいだろう。僕は咄嗟《とっさ》に自分の喉を両手で握る。大佐の銃剣がそこに突き立てられる予感がしたのだ。

けれど大佐は再び僕の背を分厚い掌で叩くと、「来い」と顎をしゃくった。

大佐に連れられて広場の横にある一軒の家に入る。しっかりとした屋根のある薄暗い家だった。

壁には白い大きな布が張られていた。布の反対側の壁際に旧式のプロジェクタが置かれＶＨＳのパッケージが積み上げられている。文字の読めない僕にはタイトルがわからない。どのパッケージにも大きな銃を構えた屈強な男の人や兵士がプリントされている。

「……映画館？」

僕の呟きに、「そうだ」と大佐の満足そうな声が応える。

「優秀な兵士になれば毎晩ここで映画が観られる。家族を大事にする兵士は、家族からも大事にされる。だから」

大佐は部屋の奥のパイプ椅子に座ると、発電機につながっていた携帯端末を手に取った。太い指でタッチパネルを操作する。液晶パネルのライトが大佐の顔を炙《あぶ》っている。

「あんな辛気くさい歌は歌うな。歌うなら、家族の士気が上がる曲にしろ」

「はい」と答えながら、僕はとても困惑していた。

他の曲なんてろくに知らなかった。母の磁気テープには何曲か収録されていたけれど、すり切れていて音程はともかく歌詞なんてほとんど聞き取れないものばかりだった。

僕は大佐のサングラスに映り込んだ携帯端末の画面のチラつきを上目に見ながら立ち尽くす。と、不意にアップテンポのドラムが響いた。大佐の手にしている携帯端末から、女の人の声が滑らかに流れ出す。英語の歌詞は切れぎれにしか聞き取れない。発音が少しおかしいせいだ。でも大佐がこの曲を流したということは、これを歌えということなのだ。僕は必死で耳を傾ける。それなのに、歌はあっさりと途切れた。大佐が携帯端末を操作したのだ。

今度は繊細な弦楽器の音がした。女性が穏やかに歌い出す。その曲もすぐに別のものに変わる。次々と曲の冒頭部分を流してから、大佐は携帯端末を僕に投げ渡した。まるで玩具に飽きた子供のようだ。

「いいか？　家族の士気を落とすな。明るい歌を歌え。それはおまえにやる」

はい、と頷いた。声が出たかは定かではない。弾倉の入っていないカラシニコフよりよほど、大佐から寄越された携帯端末のほうが重たく感ずる。薄暗い家の中で携帯端末の画面の明るさが目に痛い。

不意に、大佐の腰に吊るされている銃剣が目に入った。

巧く歌えなければ、あの銃剣で喉を裂かれる。

根拠もなく、そう確信した。僕は背後を――家の壁越しに、広場に転がされた子供たちの遺体を、振り返る。明日あそこに転がっているのは僕かもしれない。明日でなくとも明後日、一週間後、一ヶ月後、僕が死体になっていない保証などどこにもない。

僕を殺すのは政府軍なんかじゃなく、部隊《家族》の中の誰かだ。

携帯端末を握りしめる。ゆっくりと震えないように注意して、声を押し出す。穏やかに滑らかに、一音ずつ丁寧に、歌詞もなく音ばかりで曲を再現する。

携帯端末で再生された二曲目だ。大佐がぶち切ったところまで歌ってからすぐに三曲目、四曲目、と辿っていく。

ふっと大佐の呼吸が緩んだ気がした。大佐はパイプ椅子から腰を上げると、大股に部屋を横切った。すれ違いざまに、彼の分厚い掌が僕の肩に触れる。言葉はない。大佐が家を出て行く気配を感じながら、僕は歌い続ける。

大佐が携帯端末で再生した全ての曲を歌い終えてから、ようやく息をつく。首から背中から、汗でじっとりと濡れていた。ひどい寒気すら覚える。

僕はひとりきりで部屋の床に座り込む。生きのびたという実感とともに、携帯端末を胸に掻き抱く。

4

アイーシャは五日ほどで村に戻って来た。十人ほどの子供が一緒だった。半分はカラシニコフやG3を肩に掛けた兵士だったけれど、もう半分は違う。トウモロコシや乾燥キャッサバを詰めた大きな袋を担いで、よろよろと歩いていた。

どうやら彼女たちは大きな村への襲撃を前に、途中の小さな村で食料をもらって来たらしい。袋を持った子供たちは、小さな村で調達した運搬要員だろう。

アイーシャが大佐に何事かを報告している間、僕は村の外れでカラシニコフの射撃訓練に勤しんでいた。

彼女のいない五日の間に、随分とカラシニコフが撃てるようになったのだ。

僕らが家族として認められた日からすぐに訓練が始まった。カラシニコフの分解と組み立てをみっちり叩き込まれた。弾の入った弾倉だって貰えた。銃の構えから発砲したときの反動の殺し方、狙い方。敵から身を隠す方法やカラシニコフに泥を入れずに沼地を渡る方法まで、兵士としてのあらゆる基礎を教えられた。

大佐の元から戻ったアイーシャは、僕が正式に大佐に認められて家族になったことを、そして兵士として立派に訓練を受けていることを、とても喜んでくれた。

「もういつでも」と僕は僕のカラシニコフを掲げて彼女に宣言する。「きみと一緒に戦えるよ」

「じゃあ」アイーシャは、少し困ったように眉を寄せて笑った。「最後の訓練をしよう」

アイーシャは僕と、他にも新入りを四人連れて村の外れ、ジャングルの手前へと向かった。

大きなバナナの木が生えている辺りで、アイーシャは足を止める。バナナの木一本にひとりずつ、計五人の子供が縛り付けられていた。

彼女たちが連れて帰ってきた、荷運び用の子供たちだ。

「最後の訓練だよ」アイーシャは、僕たち新人と縛られた子供とを順に指す。「殺して見せて」

え？　と息を呑んだのは、僕だけではなかった。新入りみんなが、バナナの木の前で立ち尽くす。

どれくらい立ち竦んでいたのか、気がつけば周囲がざわついていた。仲間たちが――年配の兵士や子供兵士、炊事を担当する女性たちまでもが集まっていた。僕たち選ばれし新入りが、子供を殺すところを見物しに来たのだ。

慌てて人垣を見回す。大佐の姿がないことに、心底安堵した。

人垣の最前列に、ハウィナトゥがいた。火傷を負っていた頭には鮮やかな緑色の布を巻いている。すぐ隣に年配兵士――僕に初めてのカラシニコフを渡してくれた痩せ細った男だ――が寄り添っていた。

「ねえ」アイーシャの声が、彼女の湿った熱い体が、僕の背にぴたりとくっつく。彼女の手が僕の腕をとって、僕の腰に吊るされた銃剣へと導く。

「ころして、みせて」

僕は息を呑む。いや、止めていた呼吸を喘ぐように継ぐ。

「どうして、殺すの？　だって僕は仲間に……家族にしてくれたじゃないか。彼らは僕より年上に見えるし……」

「じゃあ、きみが、アッチに行く？」

僕の脇から伸びた彼女の腕が、アッチ、とバナナの木に縛られた子供を示す。縛られている子を解放して、代りに僕が縛られ殺される側になるのだ。

いやだ、と首を振ってから、それでも僕は「どうして」と食い下がる。

「殺さなきゃならないの？」

「ころしたく、ないの？」

ないよ、と答えたかった。けれど僕は黙って、腰の銃剣を握る。ゆっくりと引き抜く。

「あまっているんだよ」アイーシャは、どこか眠たそうな抑揚で言う。「運搬要員は足りているし、炊事係も足りているし、兵士は……まあ、何人いてもいいけど教育と管理が大変になるじゃない。それに」

それに、と繰り返してから、アイーシャは僕の背後から離れていく。彼女の体を失った背中がひやりとした。

アイーシャははしゃぐ仔犬のようにぴょんと跳ねて、一本のバナナの木の前に立った。両手を広げるついでのように彼女自身の銃剣を抜き放ち、縛られている子の太ももに突き立てる。

悲鳴が響き渡った。それもすぐに消え、すすり泣きになる。アイーシャたちに村を襲われてからずっと、休みなく重たい荷物を担いでこの町まで歩いてきたのだろう。泣きわめく体力も残っていないはずだ。

少し前の僕のように。

早く楽にしてあげなきゃ、とぼんやりと考える。

「こいつらはね」アイーシャの上擦った声がした。「家族を見捨てたんだよ」

なぜか父の顔が、一番上の兄であるモリバの顔が、思い浮かんだ。

「わたしたちが村を捜索しているとき、こいつらは村の外れのトウモロコシ畑に隠れていて出てこなかったんだ。家族が死んでも、ただ眺めているだけで闘おうともしなかった。卑怯者だよ。こんな連中が仲間になったとしても、命を預けられるわけがない。そうでしょう？」

僕は、ハウィナトゥを見る。緑色の布で頭の火傷を隠した彼女に、モリバは？　と問われたことを思い出していた。

あのとき僕は「わからない」と答えた。でも本当は、わかっていた。

モリバは、そして父は、ダイヤモンドを採りに行った川から戻ってこなかったのだ。銃声が聞こえない距離じゃなかったからこそ、ふたりは戻ってこなかった。僕や母が襲われていることを知っていて、隠れていたのだ。

母が死ぬのを、僕がアイーシャたちと村を去るのを、隠れて見ていたに違いない。

木に縛られて俯く子が、モリバに見えた。

アイーシャが、まだ何事かを声高に語っている。全然頭に入ってこない。モリバが――モリバに似た子が、肩を震わせている。

「どうして母さんを見捨てたの？」

モリバは答えない。顔も上げない。きっとあの襲撃の日も、こうして顔を伏せて母が死に、僕とアイーシャたち《ゲリラ》が居なくなるのをただ待っていたのだ。

ぞわりと肘から肩にかけて怖気が走った。握った銃剣が肉へと沈む衝撃だ。一拍遅れて腐った鉄の臭いが押し寄せる。

ようやく僕は、自分の銃剣がモリバの――モリバとは似ても似つかない子供の鎖骨辺りに突き立っていることに気づく。

「そう！」アイーシャの声が弾けた。「じょうずじゃない。もうすこし、もうすこし引くの。横に、腕ごと引いて」

アドバイス通りに銃剣を引くと、血が噴き出した。頬や喉に掛かった返り血を、少し冷たく感ずる。

ぞうぞうと雨季の雨音が僕を包んでいる。いや、見学に来ていた人たちが上げる歓声だ。祝砲めいた発砲音までしている。あまりにもうるさくて頭が割れそうだった。

僕以外の新入りたちも、バナナの木に銃剣を突き立てていた。縛られていた子供たちが大暴れしている。蹴り飛ばされて尻餅をついた仲間もいた。

そんな仲間を見て、僕は笑っていた。腹を抱えて、大声で笑う。アイーシャも仲間たちも笑って、銃を撃ったり銃剣を振り回したりしている。

誰かがCDラジカセを持ってきたのか、軽快な音楽が流れ始めた。歌詞もなにもあったものじゃない。みんな好き勝手に歌い、跳ね、踊り出す。

僕も歌う。大佐に望まれた通り、みんなが元気になれる陽気な歌を声の限りに歌う。空まで届きそうな高音を叫ぶ。拍手が沸き起こり、銃声が轟く。結婚式みたいな騒ぎだ。

食料の運搬要員として連れてこられただけの哀れな子供たちの死を嗤いながら、なぜか僕は、家族を意識していた。

今ここで一緒に笑っている仲間たちこそが、僕の本当の家族なのだと、強烈に認識した。

家族を守れない子供は殺される。それが当然の規則だ。

そう理解したからこそ僕は、ハウィナトゥが生き延びるとは思っていなかった。正直に言えば、アイーシャが村に戻って来たあの日までハウィナトゥが殺されていなかったことが不思議でならなかったのだ。

その理由を知ったのは、村の広場で仲間の子供兵士たちと車座になって、それぞれのカラシニコフやG3を掃除していたときのことだ。

翌日には、アイーシャが見つけてきた大きな村へと出発することになっていた。僕らはそれぞれの銃に弾を込め、予備弾倉をウエストバッグに詰め込むのに忙しかった。RPGの穂先をリュックに差している子もいた。

マリファナを巻いた煙草をみんなで回し喫みする中で、ハウィナトゥの話題が出たのだ。

「あの子、ンゴール・ンドゥグの妻になったらしいな」

「え」と仲間たちが驚いたように声を上げた。

「ンゴール・ンドゥグ?」と僕は首を傾げる。村の人たちも仲間の兵士たちの名前も、まだ覚え切れていなかったせいだ。

広場を見回した仲間が、ひとりの老人を指した。僕に初めてのカラシニコフを手渡してくれた年配の兵士だった。「え」と僕も頬を引きつらせる。

「ンゴール・ンドゥグは大佐より年上だから」と言ったのはアイーシャだ。「大佐も彼の望みはなんでも叶えてあげちゃうんだよ」

「だからって……ハウィナトゥとは歳が違い過ぎない?」

ンゴール・ンドゥグはどう見ても五十に近い年齢だ。他の兵士たちのような筋肉もなく、痩せ衰えた枯れ木のような手足ばかりが目立つ。そんなンドゥグと、十三歳だか十四歳だかの彼女とではさすがに不釣り合いだ。どうしてふたりが夫婦になることになったのか、皆目わからない。

僕らが首を捻る中、アイーシャだけはあっさりと「あの子は」と頷いた。

「女子割礼を受けてたからでしょ。男たちは割礼を受けていない女の子はみんな、不完全な女だと思ってるんだから」

「女子、かつれい？」と僕は聞き慣れない言葉を繰り返す。

アイーシャは片頬を歪めると、つっと僕の足の間に指を伸ばした。ハーフパンツの上から僕の股間に触れて「ここを」と指を横に一閃させる。

「切り取るの。女の子の性器を、カミソリの刃をぎこぎこ動かして、切り取るんだよ」

ひえ、と小さな悲鳴が上がった。自らの股間を両手で押さえている子もいた。でも、動揺しているのは男の子ばかりだ。女の子たちは無表情のまま滞りなく作業を進めていく。

僕はあまりのことに身を竦めることすらできなかった。どこか遠い世界の話のように、口を半開きにして「え？」と聞き返すのがせいぜいだ。

「ある日」アイーシャは強力な呪術師の名を語るかのごとく声を潜める。「家でくつろいでいると突然、村のお婆が訪ねて来るんだ。まだ五歳とか六歳の娘を、母さんと一緒に押さえつけて、錆びたカミソリで切り取るんだよ」

「ウチの村では」アイーシャの隣に座っている女の子の平淡な声音だ。「年頃の女の子たちが一斉に結社《ボンド》の指導者《ソウェイ》のところに連れて行かれて、まとめて切除されるんだ。自分の順番が来るまで他の子たちの悲鳴とか泣き声を聞かされるんだ。そのあとは傷が塞がるまでの半月から一ヶ月くらいの間、共同生活をさせられたよ。年頃っていっても下は五歳とかだし、年上の子でも十五歳とかだったかな。家族にも会えないし、指導者に逆らえばご飯も貰えないし。痛くて熱が出ても血が止まらなくても、それが『必要なこと』だとしか教えてもらえない。誰かが泣いたら女の子同士で助け合うしかない。そういう経験を積まないと助け合いを学べないし、貞淑な妻や賢い母親にもなれないって、大人たちは信じてるんだ」

絶句する男の子たちを一瞥し、アイーシャは目を眇《すが》めた。

「傷はね、植物の棘《とげ》を刺して塞ぐんだよ。トイレの度に刺すような痛みに苛まれる。傷口が膿んで、死んじゃう子だっている。でも、この伝統的習慣はなくならない。女性器を切り取られる痛みに耐えて生き延びた女の子こそが、生命力にあふれた完璧な女だって信じる男が多いせいだ」

「……きみも、それを受けたの?」

「受けてないよ」アイーシャは唾棄するように即答した。「受ける前に大佐の部隊が」車座になっている仲間《仲間》たちを見回して、微笑む。「わたしの家族が、村から救い出してくれたから。でも、わたしのお姉ちゃんは割礼を受けて、そのときの傷のせいで死んじゃった」

「オレの村にも」男の子の誰かが言う。「男性結社《ポロ》があったけど、女性結社《サンデ》が具体的になにをやっているかは知らなかったなぁ。女の子たちが将来の夫への忠誠心を育てるための儀式だって教えられてたし……まさか、死ぬなんて……」

男の子たちが頷き合って、けれどすぐに「でもさ」と誰かの小さな笑いが聞こえた。

「妻にするなら割礼を受けた女の子のほうがいいよな。だって浮気しないんだろ？」

「おまえ、知らないのか？」年長者が小馬鹿にしたように鼻を鳴らす。「今は国際条約だか視察団だかのせいで、割礼した女の子は貴重なんだぞ。人権に反するからって、割礼をやったら親でも逮捕されるんだ」

「そんなの、バレなきゃいいだろ。妻にする子が割礼してなかったら、夫になる俺たちがしてやればいいんだ」

「そうだよ。どうせそんなこと言うのは西洋人《余所者》なんだ。俺たちは俺たちの伝統を守ればいい」

男の子たちの言い分に、アイーシャは口を挟まなかった。膝に抱えたカラシニコフに向かって、薄暗く笑っている。それで男の子たち全員を撃ちたそうな表情だ。

「男の子たちは」アイーシャの隣の女の子は、脚の間に立てたカラシニコフに頬を寄せる。「割礼を受けていない女の子は不完全な女性だって、ずっと大人から教えられて来たし、伝統的に延々と、そう信じてるから、仕方ないよ」

仕方がない、と女の子たちは口々に繰り返す。自分自身に言い聞かせているようにも、お互いを慰め合っているようにも聞こえる抑揚だった。

僕は自分のお腹を押さえる。燃えるように熱かった。女の子たちの秘密が、植物の棘になって刺さっているみたいだ。

　そんな僕の様子を横目に、アイーシャは表情を緩めた。穏やかな微笑みが彼女を彩る。先ほど男の子たちに向けた軽蔑を帯びた顔じゃない。

　アイーシャの手がカラシニコフから離れて、お腹を押さえる僕の手を引き剝がした。大丈夫だよ、と宥めるように僕の腕を優しく擦って、また彼女自身のカラシニコフへと戻っていく。

　つらい思いをしているのは彼女のほうなのに、彼女は僕を気遣い慰めてくれるのだ。

　姉がいたらこんな感じだろうか、と僕は考える。川から戻ってこなかった本当の兄《モリバ》より、彼女のほうがよほど家族に相応しい。

　この家族のために闘おう。決して家族を見捨てない兵士になろう。僕はカラシニコフを握って、そう誓う。

5

　翌朝、僕らはカラシニコフやG3を担いで村を出発した。ウエストバッグとリュックサックに弾薬を詰めた子、リュックにRPGの弾頭を差し発射器を肩に掛けた子など、武装はそれぞれだ。みんな腰に銃剣を吊るしていた。

　村を出るとき、炊事係の女の子が甘いマリファナ茶を手渡してくれた。たっぷり砂糖を入れて煮だしてくれたらしい。

「それだけ期待されてるんだよ」とアイーシャは胸を張る。

「砂糖は貴重なんだ」年長の子供兵士も誇らしそうに言う。「口にした分だけ、ちゃんと働かなきゃ」

アイーシャを隊長とする女の子部隊が七人、年長の男の子――ジョイという名で、十七歳だと言っていた――に率いられた男の子部隊が僕を入れて十五人、そして予備の銃弾を詰め込んだ木箱を抱えた小柄な男の子がふたりという編成だった。

マリファナ茶のおかげで全然疲れなかった。僕が歌うアップテンポの歌に合わせての行軍になった。途中、アイーシャたち偵察部隊が住人を追い出して空っぽにしておいてくれた村々で軽食を摂り、汗で汚れた服を着替えたり携帯端末を充電してからまた進む。

夜になっても足を止めなかった。月明かりが青白く道を照らしている。周囲を囲むジャングルから獣やゲリラが飛び出して来るような気がしたけれど、アイーシャもジョイも平気な顔をしてみんなを先導していた。

自分たちの足音とコオロギの鳴き声しか響かない静けさに飽きて、誰かがでたらめな曲調で歌い出す。

物音で強盗が寄って来るのではないかと危惧したけれど、ジョイも他の子供たちも賑やかな行軍に乗り気だった。

洗礼式の後みたいに踊りながら練り歩く。それぞれが勝手な音を喚き立てるから小競り合いを起した獣の群みたいな騒音だ。最初こそ伴奏に付き合ってくれていたコオロギだって、辟易《へきえき》して黙り込んでしまう。

その中でも僕の声は埋もれない。一番澄んでいる。夜明けを知らせるために飛び立つ鳥にすら届きそうなほどの高音へと到達する。

みんなが息を継いだとき、世界がさっと朱色に染まった。夜明けだ。眩い朝に、帰りそびれた夜の名残めいた影が長く伸びていた。

道の先、遠いところに木製の柵があるのが見えた。

標的の村の入り口だ。

ピタリと誰もが口を噤んだ。まだ村人たちは眠っているころだが、油断はできない。

アイーシャとジョイがそれぞれ身振りだけで部隊を三つに分けた。三方向から村を包囲して襲撃するのだ。

RPGを抱えた子が、身を低くしてジャングルへと入っていく。

僕もアイーシャとともに道から逸れて、村の裏側へと回り込む。すぐに犬の吠える声が聞こえてきた。じき村人が気づくだろう。

僕は焦ったけれど、アイーシャは落ち着いていた。

村の裏手の茂みに車座になってしゃがむと、アイーシャが自分の銃弾をひとつ取り出した。弾丸の頭の部分をナイフの背でむしり取って、中に詰まっている黒い火薬を掌に出す。さらにジーンズのお尻のポケットから取り出したビニル袋から白いコカインの粉を振りかけて、指先で混ぜ合わせた。火薬とコカインが混ざって茶色い粉になる。アイーシャは茶色い粉のついた指先をペロリと舐めて、にっこりと笑った。

「ブラウン・ブラウンだよ。これを舐めると、敵の弾にあたらなくなるの」

マリファナ茶と同じような『おまじない』だろう。踊る悪魔を殺したアイーシャがこんなもので銃弾を避けられると本気で信じているはずがない。気休めだ。

それでも、彼女のおまじないを拒めるほど僕は強くない。初めての戦闘を前に足が震えそうなのだ。素直に指を伸ばして、彼女の掌のブラウン・ブラウンをひと舐めする。

砂糖入りのマリファナ茶と比べれば砂のようだ。しばらく唾液で溶かしているとほんのりと甘さが滲んできた。と思ったときにはすっかり消えてしまっている。

頭がフワフワとしてきた。反対に、足の感覚ははっきりする。全身に熱い血が巡ってくるのがわかった。気が急いて、カラシニコフの安全装置を何度も確認した。すぐにでも引き金を絞ってしまいそうだ。

とても長い時間、待った。実際にはほんの数分だったのかもしれない。

どん、と地響きがして、熱風が顔に吹きつけた。僕らが隠れている茂みの近くに、仲間が放ったRPGが着弾したらしい。

思わず尻餅をついてしまった僕を、アイーシャは声を上げて笑った。ぽん、と僕の肩を軽く叩くと「行くよ」と茂みから駆け出していく。まるで「オクラを買いに行くよ」と誘うような調子だったから、僕もつい「うん」と無警戒に立ち上がる。

尻の砂を払ってから一歩を踏み出すと、あとは体が勝手に動いてくれた。訓練で習ったとおりにカラシニコフをしっかりと構えて、安全装置を外してから引き金を絞る。

強烈な反動で後退《あとじさ》ってしまった。何度も撃っているとそれだけで銃口が上へ上へと跳ねていく。銃身の角度に合わせて体も不安定になって、最後にはまた、尻餅をついてしまった。

はは、と誰かが僕の醜態を笑った。ように思ったけれど、みんなそれぞれのカラシニコフやG3に夢中で僕なんか見ていない。銃声に負けない声で笑いながら、撃ちまくっている。

弾倉が空っぽになったら取り外してウエストバッグに入れる。次の弾倉を取り出して装填して、また撃つ。

バナナの葉で葺かれた家から飛び出てくる人に反射的に銃口を向けて、撃つ。あたらない。発砲の反動ばかりが大きくて自分の弾がどこに飛んでいるのかすらわからない。たぶん、みんなそうだろう。とりあえず目についたものに銃弾を放っているだけだ。

ウッドデッキに置かれた椅子、まだ湯気が上っている鍋や臼の中で半分だけ脱穀された米、生のままのトウモロコシ。そういう平和なものばかりが目についた。立ち枯れた木を裂く雷めいたG3の発砲音、スコールを告げる遠雷に似て少し湿気たカラシニコフの連射音、地面を穿《うが》つのは落雷ではなくＲＰＧか手榴弾だろう。

乾季なのに、この村は雨季の音に満ちていた。

どんどん人が転がっていく。赤土の道や家の戸口には血まみれの人たちが倒れている。苦しそうにうごめいている人には、トドメをくれてやったりもした。

動くものに銃口を向けては撃ち、反動でよろめいたり尻餅をついたりしているうちに、ウエストバッグの中は空の弾倉ばかりになっていた。どれを取り出しても弾が残っていない。

弾を分けてくれる仲間を求めて首を巡らせたけれど、見当たらなかった。いつの間にか、みんなはもっと村の奥深くまで進んでしまっていたらしい。

仕方なく僕はカラシニコフの構えを解いて、背負っていたリュックサックを下ろす。ウエストバッグの空弾倉とリュックの中の予備弾倉を入れ替えようとしゃがみ込む。

獣の息づかいが聞こえた。すぐ横だ。

カラシニコフを摑んだけれど、弾が入っていない。それでも咄嗟に銃身を横薙《な》ぎにする。鈍い手応えがあった。黒い影が怯んで、それでも牙をきらめかせている。

ジャガーかライオンか、村で飼われていた犬かもしれない。どれにしても、嚙まれてしまえばひとたまりもない。僕は必死でカラシニコフを振り回す。生ぬるい血が跳ねた。

倒れ込んだ影に、カラシニコフの台尻を振り下ろす。

寸前で、女の子の叫び声がした。僕を突き飛ばして、獣の上に覆い被さる。

——獣じゃなかった。男の子だ。僕よりいくつか年上だろう。牙だと思ったのは、金槌だった。女の子が泣き叫びながら男の子を庇《かば》っている。なにを言っているのかはわからない。おそらく彼女たちの部族の言葉だ。

呆然とする僕の前で、倒れていた男の子が体を起した。金槌を捨てて、代りに女の子を抱きしめる。僕から女の子を庇おうとしているのだ。

急に、どうしていいのかわからなくなった。僕は無意味に周囲を見回す。このふたりをどうすればいいのか教えてくれる相手を探す。

誰もいない。サンダルの片方が落ちているくらいだ。

トタンの庇がついたベランダが目に入った。脚のとれた椅子が倒れている。ペンキの剝げた棒がその隣に寝かされていた。ノコギリやナイフ、釘なんかが散らばっている。男の子の武器である金槌は、あの椅子を直すために握られていたのだろう。

でも、もう、この子たちがあの椅子に座ることはない。僕がその機会を奪った。数時間もせず命を奪うことになるかもしれない。

僕は立ち尽くす。腹の芯が冷たくなっていく。内臓がどこかに消えてしまったようだ。恐怖も悲しみも、なにもない。僕が空っぽになっていく。

銃弾の入っていない空っぽのカラシニコフの先では、男の子と女の子が互いを抱きしめ合っている。

僕にはそれが、羨ましかった。

しばらくすると、アイーシャが小走りに近づいて来た。右腕一本でカラシニコフを保持して、左手には赤錆の浮いた山刀《マチェット》を握っている。

「すごいじゃない」アイーシャはどこか酔ったような呂律で、僕を賞賛した。「はじめての獲物がふたりなんて」

「獲物?」

「カラマがとらえたんだから、カラマのものだよ。殺すのも、長袖にするのも、生かすのも、ぜんぶ、きみの自由」

「長袖って?」

ふたりとも、くたびれた半袖Tシャツを着ている。乾季に長袖を着せて暑さに参らせる嫌がらせの一種かもしれない。そんな暢気な僕の考えを見透かしたように、アイーシャは目を眇めた。山刀を女の子の鼻先に突きつけて「立って」と促す。

でも、立ち上がったのは男の子のほうだった。血だらけで、腫れ上がってろくに開かない目でアイーシャを睨み、刃から女の子を庇う。

僕よりも頭ふたつほど背の高い男の子だった。Tシャツ越しにでも肩や胸を覆う筋肉がわかる。彼は煩わしそうに右足に残っていたサンダルを蹴り飛ばして、素足になった。

そんな男の子の態度に怯むこともなく、アイーシャは不思議そうに首を傾げた。

「あなた、いくつ？　兄妹なの？」

男の子が何事かを即答した。僕にはわからない言語だ。クリオ語かテムネ語、ひょっとするとダン語やバッサ語かもしれない。アイーシャも、彼がなにを言ったのか理解できなかったのだろう。僕らはそろって肩を竦め、仕方がない、と息を漏らす。

ふたりの監視をアイーシャに任せて、ようやくウエストバッグの空の弾倉とリュックサックの予備弾倉とを入れ替えた。ついでに弾薬が尽きていたカラシニコフにも弾を装填する。

男の子が顔をしかめた。僕のカラシニコフがただの飾りだったことに今さら気づいて悔しがっているだろう。でももう遅い。

ふたりの背を銃口で押して、アイーシャと一緒に村の中央へと向かう。

土を突き固めただけの道のあちこちに弾痕が刻まれていたけれど、死体は少なかった。おそらく住人のほとんどが無事に逃げ果《おお》せたのだろう。

そんな甘い考えは、村の中央広場へ出た途端に裏切られる。

十数人もの人が膝をついて、一列に並べられていた。十代から二十代くらいの若い男性ばかりだ。カラシニコフを抱えた仲間が彼らを見張っている。扉の壊れた家々からは女の人の悲鳴が聞こえてくる。

村の中央部には手漕ぎポンプ式の井戸があった。牛や山羊のための水飲み場まで造られている。

僕らの村は毎朝近くの川まで水を汲みに行かなきゃならないのに、と苛立ちがこみ上げてきた。それが理不尽な憤りであることは理解できるのに、僕は衝動のまま前を歩く男の子の背中をカラシニコフの銃口で強く突いてしまう。

顔の半分だけで振り返った男の子は、恐怖よりも怒りを滲ませていた。鋭い眼差しだ。

怯んでしまったことを悟られないように、注意深く顎を引いて仏頂面を作る。

てっきり僕が連れてきた男の子と女の子も捕虜の列に加えるのかと思ったけれど、アイーシャは「いいよ」と軽く手を振った。

「それはきみのはじめての獲物だから、きみの自由にしていいんだよ。ああ、でも女の子は大佐がつれていくかも……そのときはあきらめてね」

大佐には誰も逆らえない、とアイーシャは嘆息した。でも男の子は好きにしていいと言う。

好きに、というのはどういう意味だろう。わからない。なにも思いつかない。初めて出逢った男の子に望むことなんてなにもない。

なにも？　本当に？

僕はアイーシャを見る。山刀を閃かせて、膝をついた住人の顔をひとりひとり覗き込んでいる。

彼女は、僕を『家族』だと言ってくれた。母を亡くした僕を弟のようにかわいがってくれている。そう考えてから、なにかがおかしい気がした。なにか、決定的におかしな認識がある。そう感じるのに、その正体に思い至らない。ふやかしてもいない乾燥《ガリ》キャッサバの粒を口いっぱいに頑張ったときのような息苦しさを覚える。

と、広場の向こうからジョイが歩いて来るのが見えた。妙にふらふらとしている。様子を見に行きたかったけれど、男の子の背に銃口を突きつけている僕は動くわけにもいかず、ただ彼を視線で追うことしかできなかった。

ジョイは、カラシニコフごと腕を垂れていた。銃口の先が地面を擦って、彼の危うい足取りの軌跡を描いていた。蚊にでも嚙まれたのかしきりに首筋を掻いている。家の壁に真正面からぶつかり、初めてそこに壁があることに気がついたように後退り、不安そうに周囲を見回してまたふらふらと歩き出す。そういうことを何度か繰り返してから、ジョイは僕の方へと来た。

「やあ……」ジョイは呆けた語調で挨拶をすると、首を掻きむしる。「すごく、痒くてさ……なんか、なってる?」

「なんかって……」僕は絶句した。

ジョイの首は、べっとりと血に濡れていた。トロトロと血が流れ続けている。でも傷口は首じゃなかった。頭だ。彼の頭の左側には、髪はおろか骨すらなかった。白っぽい脳と灰色の血管とが明るい太陽の下で脈打っている。それなのに彼は、自分の怪我にも気づいていない。ありもしない首の傷を掻き続けている。

「昨日さ」ジョイは、へら、と口元を緩めて笑う。「おまえが歌ってた歌、なんだっけ? 思い出せなくて……ラジカセ探してるんだけど……母さんが……知らなくて……」

ジョイの目は、もう僕を映していない。虚空に向かって独り言を言いながら、またふらふらと彷徨《さまよ》い始める。

「もうダメだな」

僕の銃口の先で、男の子が呟いた。低い、大人の男の人みたいな声だ。

「え、きみ、言葉、わかるの?」

「英語なら、わかる」

「じゃあどうして……」

さっきは僕らに通じない言葉で話したの、と訊くより早く、「俺は」と彼が強い語調で、振り返ることもなく言葉を継ぐ。

「どうなってもいい。妹を、殺さないでくれ。俺はおまえのモノでいい。だから妹は」

助けてくれ、と言い募る声を聞きながら、当の彼女は僕と彼とを不安顔で見比べるばかりだ。英語が理解できないのかもしれない。

不意に、母を思い出す。母の、真っ赤に潰れて原形を留めていない、最後の顔が浮かぶ。

あれが——家族を喪うことが、入隊の儀式だ。

「その子を助けるなら、その子が僕らの仲間になるっていうなら、その子はきみを殺さなきゃならない」

男の子は少し身動ぎしたものの、やっぱり振り返りもしない。擦り傷と土にまみれた腕で妹を引き寄せる。

「……おまえも、そうしたのか？」

「僕に妹はいないよ」

「じゃあ……」

誰を、と続く彼の声は、広場を切り裂いた悲鳴にかき消された。

アイーシャが、仲間たちが、ひとりの捕虜を取り囲んでいた。捕虜の腕を薪割りに使う台の上に押さえつけている。

「カラマ！」アイーシャは楽しそうに僕を呼ぶ。「見てて、長袖にするから！」

長袖にする？　と問い返す間もない。アイーシャの山刀が振り下ろされた。一瞬の躊躇もなかった。押さえつけられていた捕虜の、手首のすぐ上が断ち切られる。ほとんど同時に仲間たちが捕虜の体を解放したせいで、持ち主から切り離された手首と血しぶきとがやけに遠い場所まで飛んでいく。のたうち回る捕虜を、仲間たちが笑っている。体を折って、おかしくてしかたがないという様子で大声を上げている。落ちた手首を指して「飛距離を競おう」と言い出す子や、G3を空に向けて撃ちまくる仲間までいた。

「ほら、長袖シャツを着てるみたいでしょ」

アイーシャは仲間たちを促して、次の捕虜を薪割り台に引き出す。

「次は……」

言葉を切ったアイーシャが不意に顔を上げた。ひとりの捕虜が駆け出し、すぐに脚をもつれさせて転んだ。立ち上がることもできず、地面を這って必死に逃げようとしている。

G3を空に向けて撃っていた子が、逃げる捕虜の背を狙う。破裂音がして、でも捕虜はまだ元気に動いている。「下手くそ」と騒ぎ立てながら、仲間たちがそれぞれのカラシニコフを構えた。結婚式の祝砲みたいに発砲音が連続した。

逃げ出した捕虜だけじゃない。大人しく膝をついていた捕虜たちも、どんどん倒れていく。頭を撃たれてすぐに動かなくなる人、撃たれた脚や腹を抱えて悲鳴を上げてのたうち回る人、山刀で首や腕を叩き斬られて呆然とする人もいる。

どれほど一方的な攻撃が続いたのか、我に返ったときにはひどい耳鳴りがしていた。雷を何時間も聞いた後みたいだ。

アイーシャや仲間たちはとうに銃を下ろしている。薪割り台に押さえつけられていた捕虜も、頭を撃たれて死んでいた。長袖になった捕虜も、もう動かない。

僕は、なにもできなかった。僕のカラシニコフは妹を庇う男の子の背に向いたまま、騒動の間ぴくりともしなかった。

駆けてきたアイーシャが僕の肩を軽く叩いて、なにかを言った。まだ耳の奥底で銃声が反響していたせいで聞き取れない。たぶん「初陣だから仕方がない」という意味合いの慰めを言ったのだろう。

妹を抱き寄せていた男の子が、首を巡らせた。僕に殴られて半分も開いていない目で、散らばる死体を数えるようだ。

「片付けが大変だな」彼が、ようやく僕を見た。腫れた唇を皮肉に歪めて、たぶんそう言った。「俺を殺さなくて、よかったな」

殺せなかっただけだ。そう答えるのも恥ずかしくて、僕は唇を噛む。

それに、彼を殺さなくてよかったのは本当だ。死体をこのままにはしておけない。部隊のみんながこの村に引っ越してくる前に、きれいにしておかなきゃならない。でも人の死体は重たくて、そう簡単には運べない。人手が要る。

けれど僕はいつ、どこで人々の死体の重さと扱いづらさを学んだのだろう？

僕はアイーシャを見る。彼女は僕ではなく、男の子を見ていた。

「あなた」アイーシャは自らのカラシニコフを構えると、山刀を男の子に差し出す。「わたしたちの、家族になる？　家族になるなら、試験を受けてもらうよ」

「俺の家族は」男の子は、抱き寄せていた女の子の頭を撫でる。「この子だけだよ」

「じゃあ、わたしたちの部隊には要らない。この山刀は、きみの腕を落とすのに使うよ。二度と、その手で武器が持てないようにしておかなきゃ」

「でも俺はこいつの」男の子は顎で僕を示す。視線はアイーシャを捉えたままだ。「戦利品なんだろ？　なら、俺の生き死にを決めるのは、あんたじゃない」

「……そうね。それは、そう」

アイーシャは短く息を吐いて、笑った。幼い子供の屁理屈に耳を傾けてやる母親めいた微笑を浮かべている。彼女は山刀を自らの腰に吊り下げると、空っぽになった手を男の子に差し出した。「わたしはアイーシャ。悪魔だって殺せる、女の子部隊の隊長なの。あなたの主人はカラマ。わたしの家族だよ。死体が片付くまでは、とりあえず、よろしく」

「俺はヨアン」男の子はアイーシャの手を握り返してから、女の子を見下ろした。「妹はトァウ」

「最初に言っておくけど、女の子はみんな、大佐のものだから」

「大佐？」

「わたしたちの部隊の、お父さん。女の子たちが家族になるか、余所の部隊に妻として売られるかは、大佐が決めるの」

「大佐は、どこにいるんだ？」

「村に残ってるけど……」アイーシャは不愉快そうにも不安そうにも見える表情を作った。「まさか、大佐と交渉しようと考えてる？　無駄だよ。絶対に、無駄。あなたが死ぬだけ。ただ殺されるだけじゃないよ。銃剣で指を一本ずつ、鉈《なた》で手首から肘からひと関節ずつ切り落とされて、死ぬまで放置されるだけ」

やめておきなさい、と一方的に諭し、アイーシャは踵《きびす》を返した。女の子部隊を引き連れて家々の物色を開始するようだ。

死体の散らばった広場には男の子部隊とヨアン、そしてヨアンの妹であるトァウだけが取り残される。


仲間によると、村で捕えた男たちは殺してしまったけれど、女の人はみんな一軒の家に閉じ込めてあるのだという。男の子部隊のうち五人が村に残り、捕虜の女性たちを見張りつつ周辺を警戒することになった。


僕を含めた他の男の子部隊とヨアン、そしてトァウが死体の片付けを担当することになった。

ヨアンの先導で、村の外れにある墓地へと案内された。ぽつりと一軒の小屋があった。墓守の小屋だろう。その向こうには土を盛り上げただけの質素な墓がいくつも並んでいる。

本当はヨアンひとりに墓穴を掘らせるつもりだったけれど、彼ひとりでは村中に散らばっている死体を埋められるほど大きな穴を掘るのに何日もかかってしまう。日が暮れればすぐにでも死体の臭いに惹かれた獣や野犬が集まってくるはずだ。村の残党と闘うより、野犬の群と争うほうがよほど怖い。

仕方なく、僕もカラシニコフを背中に回して、大きなシャベルを手にした。他にもふたりの男の子が墓穴掘りに加わった。

トァウは死体からスニーカやベルト、腕時計や貴金属なんかを回収する係に任命した。

乾いた土にシャベルを突き立てながら、マリファナ煙草を回し喫みした。頭上の太陽が容赦なく体温を上げるせいで汗だくだ。舞い上がる砂埃が僕らを真っ白に染めていく。

マリファナのおかげで疲れは感じなかったけれど、黙々と土を掘り返す作業は憂鬱だった。僕は大佐からもらった携帯端末を操作して、音楽を流す。アップテンポの曲を口遊みながら墓穴を掘り続ける。陽気な音楽のおかげで、僕らの作業は随分とはかどった。

ようやく肩ぐらいの深さになったとき、頭上から「なあ」と呼ばれた。顔を上げると、ずっと下を向いていたせいで目眩がした。村に散った死体を回収している男の子だ。

「ジョイの墓だけ、別に掘ってやるのはダメかな？　あとさ、ムサが……たぶん、今晩には死んじゃうと思うんだ」

薄情にも、僕はムサが誰なのか咄嗟には思い出せなかった。

「いいよ」と答えながら大きな墓穴の縁に手を掛けて、勢いよくジャンプして地上へ戻る。掌に食い込んだ砂を叩き落として見回せば、墓穴の傍には無造作に死体が積み上げられていた。脚を摑んで引きずって来た姿勢のまま、両手を万歳している死体ばかりだ。にじみ出た血があまりにも多いせいで、死体の山からは血の川が伸びている。

その横に、スニーカがどっさりあった。この襲撃に参加した仲間たちだけでなく、村で留守番をしている仲間たちにも新しいスニーカを贈れそうな量だ。靴底がすり切れて穴が空きそうだったり、あまりにも血がつきすぎているものは死体に残されていた。トァウは気が利く上に仕事のできる女の子のようだ。きっと部隊の大人が気に入って妻にするだろう。

死体の山の向こうに、シーツに包まれた遺体が寝かされていた。運んで来た男の子部隊が何人か付き添っている。

――ジョイだ。脳を覗かせながら歩き回っていた彼は、一軒の家に吊られていたハンモックに横たわろうとして、力尽きたらしい。

僕らは十数秒の間だけ、シーツの塊となったジョイを囲んで沈黙した。おそらくみんな彼の明るい笑顔を思い出しながら、そのくせ彼に掛ける言葉のひとつも思いつかないのだ。

僕たち男の子部隊の隊長だった。十七歳だけど、最年長だからというわけではなく、その勇敢さで隊長に抜擢されたのだと自慢していた。

結局、僕らは言葉よりもマリファナを吸い交わしただけで、墓穴掘りへと戻ることにした。携帯端末はまだ場違いに明るい曲を流し続けている。

ジョイの墓には不似合いな曲調に思えたので携帯端末の電源を切ってから、大穴からも村人たちの墓からも離れたマンゴーの木の傍にシャベルを突き立てた。きっとジョイだって、人混みより、静かな木陰で眠りたいだろう。

と、すぐ隣に別のシャベルが突き立った。ヨアンだ。

「……どうして、こっちの墓を掘りに来るの？」

まだ村人用の穴は掘り終えていない。彼がともに暮らした人々の死体は積み上げられたままだ。

対するジョイは僕らの隊長で、僕らはヨアンの村を襲って、村の人たちをたったひとつの穴に詰め込もうとしている。それなのに、どうしてジョイのためだけの墓穴掘りを手伝ってくれるのだろう。

「どうしてって」ヨアンはシャベルですくった土と一緒に、言葉を脇へと投げる。「俺はおまえのモノだから。おまえがこっちを掘るなら俺もこっちを掘るべきだろ？」

「そうじゃなくて……」僕は数秒、言葉を探す。「きみは僕らが……きみの村の人たちを殺したゲリラが、憎くないの？ 彼は」僕はシーツに包まれたジョイを振り返る。「僕たち男の子部隊の隊長だったんだ」

ヨアンは少し考えるような素振りを見せた。村の人たちの死体からスニーカを引き剝がすトァウを一瞥して、村人用の大穴を掘る僕の仲間へ顔を向けて、自分の足元の乾いた大地を素足で蹴りつける。

「まだ、憎くはない」

「まだ？」

「実感がないんだ。それに、この村に来たのは半月前だから、村の人にそれほど愛着はない。ただ……」ヨアンは喘ぐように息を継いだ。「もう、疲れた。俺はシエラレオネからこの村に逃げて来て……今、逃げ切れずにおまえたちに追いつかれて、ゲリラの仲間入りをするか殺されるかの際にいる。だから」

もういいよ、と彼は肩を落として、弱く笑った。

僕は「そう」と頷く。それ以外にどう声を掛けていいのかわからなかった。

いくらか掘り進んだところで、ヨアンが「そういえば」と顔を上げる。

「おまえ、歌が好きなのか？」

「嫌いじゃないけど……」

僕にはこれしかないんだ、と胸中で答える。大佐が、僕の歌を気に入ってくれたから好きなふりをしているだけだ。ゲリラの仲間に入る試験に、アイーシャがくれたマリファナ茶を飲んで参加した。ズルをしたという自覚があるからこそ、僕は身体能力以外のなにかで大佐に認めてもらう必要があったのだ。大佐に用なしだと思われて、殺されてしまわないために。

でも、それをヨアンに告げる必要はない。彼はまだ仲間じゃない。

僕が言葉を濁したのをどう思ったのか、ヨアンは「あっちに」と墓地の傍らにある墓守の小屋へ顔を向けた。

「磁気テープがあるぞ。葬儀のときに流す歌が入ってるんだ」

「へえ」と僕は気のない素振りを装う。「どんな歌？」

「神さまの歌だよ」

刹那、僕は足元に悪魔の顔を幻視する。僕の村で死んだ、踊る悪魔だ。その正体はヒョウの毛皮と貝殻とで作った仮面を被った、人間だった。だからあっさりとアイーシャに殺されてしまった。悪魔を装って僕らのダイヤモンドを奪おうとしたのだから、殺されて当然だ。

あれは、神さまでも悪魔でもない。

「へえ」と僕は悪魔の幻にシャベルを突き立てる。「ぜひ、きいてみたいな」

ヨアンはニッと笑うと、踵を返した。シャベルを担いだまま小屋へと向かう。監視役の僕も一歩遅れてついていく。

墓守の小屋だと思っていたけれど、中を覗いてみればただの物置小屋だった。シャベルに鍬《くわ》、墓標にぴったりの石や木の枝なんかが詰まっている。ハンモックが吊られていたので寝起きはできるだろうけれど、とても快適とはいえない造りだ。

ヨアンは勝手知ったる物置小屋という風に棚を漁ると、一抱えもあるカセットデッキを引っ張り出してきた。ディーゼルエンジン式の発電機を始動させてから、カセットデッキの電源コードをつなぐ。

発電機のド、ド、ド、という重低音ばかりが十数秒もしてから、前奏もなにもなく唐突に呻き声が響き渡った。第一声は発情期の猫みたいにひび割れていた。けれど二音目には滑らかにつながっていく。三音目から先は継ぎ目のない濁流めいた音の帯だ。

歌詞などなかった。音だけが高く低く滑らかにつながっていく。圧倒的な声量と繊細な音階は、水や風に似ていた。ダイヤモンドを川底に秘めたファーミントン川のうねり、積み上がった死体の山からあふれた血の緩慢さ、雨季に頭を垂れるマンゴーの木々、乾季の大地を削る風の荒々しさ。そういう全部が、僕の頭の中を駆け抜ける。

「あれ？」と背後から聞こえた声に、僕は我に返る。どれほど聞き入っていたのかも定かじゃない。振り返れば、眩い太陽光の下に仲間が――カラシニコフを肩に掛けた少年兵士が、立っていた。死体運びの係になっている年長の子で、確か名前はアフマドだったはずだ。

「クルアーンの詠唱テープじゃないか。久しぶりに聞いたよ。懐かしいなぁ」

「クルアーンって歌手なの？」

「歌手？　クルアーンはクルアーンだよ」アフマドは不思議そうに目を瞬《しばたた》かせる。「神さまの言葉そのものなんだ。これこそ唱えるべきもの、って意味だよ。これは雌牛の章だね」

曲の題名がクルアーンで、流れている旋律が雌牛の章というタイトルなのだろうか、と僕は推察する。

「なんて歌ってるの？」

「古いアラビア語で神さまの教えを歌っているんだけど、今はもう誰もわからないんだ。古いアラビア語を話す人はみんな死んじゃったし、そもそも唱えるべきものだから、音が重要なんだよ。神さまの言葉を受けた予言者が、神さまの発音をそのまま伝えたものなんだ」

「神さまの言葉……」

僕は滑らかにどこまでもつながっていく旋律を追って、喉を震わせる。これまで、どんな歌だって完璧に真似ることができた。それなのに、この歌だけはダメだ。声の震えが、音のつながりが、息の継ぎ方が、わからない。再現できない。

ややあって、ヨアンが頬を歪めた。下手くそ、と嘲笑ったのかもしれない。

「神さまの言葉なんか」ヨアンはシャベルの先でガリガリと地面を削りながら、小屋をあとにする。「わかるわけないだろ。真似するだけ無駄だ。おまえ、神さまなんて見たことあるか？」

僕はアフマドと顔を見合わせる。僕の手には死体を埋めるためのシャベルが、アフマドの背には死体を作り出すためのカラシニコフがある。

もし神さまがいれば、僕らの手にはもっと違ったものが握られていたかもしれない。少なくとも、と僕はジョイの墓を掘る作業に戻りながら考える。

少なくとも神さまがいてくれたなら、踊る悪魔が僕の村に来ることはなかった。悪魔さえ来なければ、アイーシャたちの襲撃もなかった。そもニオが死ぬこともなかったかもしれない。

だって神さまは、悪魔と対立する正しい存在なのだ。神さまはなにひとつ間違わない。いつだって僕らを見守ってくれている。そう、母さんが教えてくれた。

でも、じゃあどうしてニオが殺されて、僕は殺す側にいて、この墓地には神さまの言葉が響き渡っているんだろう？

頭の中に靄《もや》が立ちこめていた。ひたすら死者を葬るために土を掘り進めるうちに、ブラウン・ブラウンの効き目が切れてきたのかもしれない。なにも考えられない。体だけが勝手に墓を作っていく。

ここに埋まるのはジョイではなく、僕の正気なのかもしれない。そんなことを考えた自分がおかしくて、笑った。

僕の笑い声は神さまの言葉にも負けないくらいの大きさで、神さまの言葉の滑らかさにも劣らない、ホイッスル・ボイスになる。

——母さんが好んで聞いていた、歌詞もわからないあの曲だ。

この歌が、僕とアイーシャを出逢わせてくれた。オレンジ色のビニルシートの屋根の下で、この歌に祝福されて、僕らは家族になった。

仲間たちが死者に連れて行かれないように、僕が墓の底に引きずり込まれないように、声の限りに歌う。でたらめの音調で、曲のテンポを上げていく。仲間が囃し立ててくれるのを遠くに感じた。ヨアンが体を揺らしてリズムに乗る。仄暗く足元を這いずり回っていた死が逃げ出すのがわかる。

神さまの旋律よりずっと、僕らのほうが力強い。

6

全ての——もちろんジョイも含めた——死体を土に埋めたころには、夕方になっていた。赤く膨れた太陽が地平線に半分ほど引っかかっている。

村人を埋めた穴の上には、大きな土饅頭ができているだけで殺風景だけれど、ジョイの墓にはきちんと墓標が立てられた。

逆立ちしたコカ・コーラの瓶だ。中にはジョイの名前が書かれた小さな紙切れが入っている。もっとも僕は字が書けないので、アフマドが彼の名を記してくれた。

村へと戻る僕らはそれぞれシャベルを担いでいた。シャベルの柄には、トァウが村人の死体から回収したたくさんのスニーカがバナナみたいに連なっている。背負ったカラシニコフとスニーカがぶつかって軽快なリズムを奏でていた。

風に乗ってパーム油の香ばしい匂いがしていた。村では夕食の準備がなされているのだ。

アフマドを先頭にして、墓掘り組が足早に村へと入っていく。僕とヨアン、そしてトァウが最後だった。

村の端の家まで来たとき、トァウが遅れていることに気がついた。脚でも痛めたのだろうか、と振り返ろうとして、強く腕を摑まれた。

隣を歩くヨアンの大きな手が、僕を捕えている。真っ直ぐに前を――アフマドたちの背を見つめたまま、僕を引きずるように歩き続ける。

瞬間的に、察した。

トァウは逃げようとしているのだ。ヨアンを残して、ひとりで逃げ出す気だ。ヨアンはそれを許容している。むしろ、彼女を唆《そそのか》したのは彼なのかもしれない。

僕は腕を引く。びくともしない。立ち止まろうと足を踏ん張っても、ヨアンの力に負けて次の一歩を出してしまう。辛うじて首だけで振り返れば、トァウはもう僕らに背を向けて走り出していた。アフマドたちに知らせるために息を吸って、でもヨアンがあまりにも落ち着いた声で「頼む」と言うから、叫び損ねた。

「見逃してやってくれ」

「……できないよ」

僕まで共犯になってしまう。アイーシャはともかく、他の仲間は僕が捕虜を見逃したと知れば必ず裏切り者だと言うだろう。それに。

「あの子が逃げたら、きみは間違いなく殺される。きみはまだ仲間じゃないんだから」

「逃がさなくても殺される可能性は高いだろ。それに」ヨアンは鼻を鳴らす。「本当なら、俺はこの村に来るずっと前に死んでるはずなんだ。いまさら死ぬことなんて怖くない」

僕はヨアンの横顔を仰ぐ。妙に凪《な》いだ眼差しがアフマドたちの向こう、夕闇の迫る村の輪郭を撫でている。

確かシエラレオネから逃げて来たのだと語っていた。だからこそ、トァウが――最後の家族が自分を見捨ててひとりで逃げた現実に、自棄《やけ》を起したのだろう。そう思ったのに。

「トァウは、本当の妹じゃないんだ」ヨアンの告白は独り言めいて、僕の鼓膜に突き刺さる。

「俺の家族は、俺の村がゲリラに襲われたときに死んでる。俺は、本当の妹と両親と祖父母を見捨てて、ひとりで村から逃げ出したんだ。トァウは逃げる途中で出会った、別の村から逃げて来た子だよ。お互いひとりだったから、家族ごっこをしてみたんだ」

それだけ、とヨアンは弱く笑った。本当は泣きそうになっていたのかもしれない。

どうしてそんな赤の他人を命懸けで守ろうとしているのだろう、と考えたときにはもう、僕の中で答えが出ていた。

彼はトァウを守ることで、自分の家族を見捨てた過去を償おうとしているのだ。たとえそれが偽物の家族だとしても、今度こそ家族を見捨てなかったという事実が欲しいのだ。

そも初めから彼はおかしかった。弾切れを起しているとはいえ——彼はその事実に気がついていなかったけれど——カラシニコフを持っているゲリラ《僕》相手に、金槌ひとつで殴りかかってくるなんて正気の沙汰じゃない。彼は家族のために死にたかったのだ。

僕は肩越しにトァウを振り返る。彼女の前に伸びる細長い影は、墓地の向こうに茂るジャングルへと到達しようとしていた。まだ、ギリギリ僕のカラシニコフの射程内だろう。

「きみはもう、家族は要らないの？」

「俺はもう、おまえのモノなんだろう？」ヨアンは静かに答えてから、唇の端を小さく歪める。

「それに、今から死ぬ俺には家族なんて要らないしな」

「あの娘を捕えるか殺すかすれば、きみは死なずに済むよ」

「あいつを見逃してくれたなら、村の連中がいつ、どこから反撃してくるのか教えてやる」

村から逃げた人々が、武器を持って戻ってくるのだ。その備えをしている村だったのだ。おそらく早ければ今夜にでも、遅くても二日ほどで、村の自警団が僕らを包囲するだろう。村を制圧したと思い込んで油断したところを一網打尽にする計画なのかもしれない。

冷静に考えれば、数日前にアイーシャたち偵察部隊が近隣の村を襲っているのだ。そのときに逃げ延びた人たちがいれば、この村への襲撃だって予見されていたはずだ。けれど。

「きみがこの村の反撃予定を喋ったとしても、きみは殺されるよ。アイーシャは裏切りを赦さない。きみがこの村を裏切ったのだと知ったら、それを理由に殺す。あの娘を見逃せば、僕らを裏切ったと言ってきみを殺す。それでも、あの娘を見逃すっていうの？」

ヨアンは、答えなかった。

トァウの背はもう、墓地の横に茂るジャングルへと分け入っていた。今、僕らが走って追いかければ間に合うかもしれない。

僕は改めて、彼に掴まれた腕を引く。びくともしない。彼の指は僕の骨を砕かんばかりに強く握りしめられている。

彼は自分の命と引き換えにしてでも、そしてこの村を取り戻そうと企む人々を差し出してでも、彼女に生きていて欲しいのだ。

不意に、モリバと父を思い出す。あの二人は、僕と血のつながった家族は、僕と母とを助けに来なかった。すでに二《ニ》番目の兄《オ》を見殺しにしていたのに。

ヨアンは、血のつながらない娘を助けるために命を懸ける。ならば父やモリバも、いつか僕以外の誰かを命懸けで守ろうとするのだろうか。

僕らの間に呼吸がいくつか落ちて、ようやくヨアンの手が落ちた。

僕は緩慢に腕を動かす。スニーカが連なったシャベルを置いて、肩に掛けていたカラシニコフを構える。墓地の奥に茂るジャングルへと銃口を向けて、再び呼吸をいくつか置いて、引き金を絞る。

湿気た雷鳴めいた発砲音が僕の肩を叩いた。反動で銃口が跳ね上がる。それでも三十発全てをフルオートでジャングルへと撃ちこんだ。

驚いたようにアフマドたちが駆け戻ってくる。

「女の子が逃げた!」

白々しく叫んだ僕に呼応して、アフマドたちのカラシニコフも火を噴く。トァウはもう銃弾の届かない距離まで走り去っているはずだ。ジャングルの木々が彼女の盾になるだろう。それがわかっているからこそ、僕は予備弾倉ふたつ分も無駄に弾を放って、いかにも彼女の逃走に焦っているように振る舞った。

結局、僕らは無事にトァウを見失い、逃げられてしまった。

意外だったのは誰も僕を咎めなかったことだ。女の子の捕虜はたくさんいるから、という理由らしい。アイーシャはむしろ、トァウがヨアンの本当の妹ではなかったことや、それでも彼が妹を命懸けで守ろうとしていた事実に感動していた様子だった。見たことのない明るい色合いのTシャツを着ていたから、戦利品を得て機嫌が良かったのかもしれない。

本当なら捕虜になってすぐの子たちは一軒の家にまとめて監禁される決まりになっているのに、ヨアンは僕らとともに村の中央広場で夕食を摂ることを許された。とはいえ、僕という監視は外れない。彼には武器も与えられない。僕はカラシニコフを傍らに、ヨアンと並んで広場の隅に座る。

夕食はプランテイン《バナナ》のパーム油炒めとキュウリだった。どこか寝惚けた味付けだったけれど墓掘りをこなした体にはごちそうだ。

キュウリを齧りながら、ヨアンはアイーシャたちに、反撃が予定されていることを報せていた。もっとも仲間の誰も驚きはしなかった。

「明日には村に報告部隊を出すから」アイーシャは脚の間に立てたカラシニコフを撫でながら言う。「大佐たちが合流するまでの七日間くらいが勝負だよ。いつだって早ければ夜明けに、遅くたって二日後には反撃が来る。みんな、どうしてか村を簡単には諦めないんだ」

変なの、と呟いたアイーシャはお皿代りにしていたバナナの葉を焚き火にくべると、カラシニコフを肩に掛けて広場を出て行った。見回りに行ったのかも知れない。

陽が急速に萎んだせいで肌寒さを覚えた。広場にはぽつぽつといくつかの焚き火が熾《おこ》されていて、それぞれに仲間たちが集まっている。男の子たちはマリファナを回し喫みしながら、ジョイの代りの男の子部隊の隊長を誰にするかを話し合っているようだ。

一番の年長者、一番この部隊で生き残っている子、一番戦果を上げている子。いろいろと案が出ていたけれど、この部隊の家族となって一週間程度の僕がついていける話題ではなかった。

僕はヨアンを誘って焚き火から離れ、薄闇の中へと引っ込む。どこか適当な家で寝床を確保しようと考えたところで、ヨアンが「あそこの」と一軒の家を指した。

「親父が磁気テープを持ってたぞ」

「明るい曲、ある？」

「さあ？」ヨアンは首を傾げてから、ニッと唇の端を吊り上げた。「少なくとも、神さまの歌はなかったはずだ。いつも踊ってたからな」

ヨアンの示した家はトタン屋根と日干しレンガで造られていた。広場の焚き火も月明かりも届かない家の中は真っ暗だ。僕は大佐からもらった携帯端末を起動させて、ディスプレイライトを頼りに家を見回す。

女の子部隊が家捜ししたあとなのか、家の中は散らかっていた。吊られたハンモックの傍らに、一抱えもあるカセットデッキがあった。墓守の小屋にあったものより大きくて、随分と古いもののようだ。

カセットデッキのボリュームを最小に絞ってから、再生ボタンを押し込む。数秒の空白が流れて、夜風に似た細い声が聞こえてきた。女の人の声だ。跳ねるようなリズムで歌っている。カセットデッキの持ち主がいつも踊っていたというのも頷ける曲だった。

「ここの親父は」ヨアンはハンモックに飛び乗ると、なにかを思い出すように目を眇めた。「神さまの歌なんて聞かなかった。妻も息子も死んで、神さまなんて信じなくなった」

「もしかして」僕は散らばったクッションを集めて、壁を背もたれにして座る。「親しかった？」

「いや」ヨアンは強い語気で即答してから「……いや」と弱い声で言い直した。「親しくはなかった。言っただろ。俺はこの村に来てまだ半月なんだ。俺の仕事は墓穴掘りと家具の修理くらいで……ここの親父から家具の修理を請け負ってただけだ。親しくなんかない」

ヨアンは「親しくない」と自分に言い聞かせるように繰り返す。

僕はぽろぽろと転がるような女の人の歌声に耳を傾けながら、ヨアンと初めて会った家のテラスに置いてあった脚の欠けた椅子を思い出していた。あの椅子は、この家のものだったのかもしれない。持ち主は、アイーシャたちが広場で殺した人の中にいたのかもしれない。

カセットデッキがザラついた声音で歌っている。僕は一拍遅れて歌声を追う。知らない曲ばかりだった。歌詞だって聞き取れない。

それでも僕は歌に集中する。ヨアンがときおり何事かを言ったけれど、聞き取れなかった。アップテンポの歌と耳鳴りとが僕の耳を遠くしていた。彼も彼で言い募ることをしなかったので独り言か、寝言だったのかもしれない。

僕はカセットデッキを引き寄せて、カラシニコフと一緒くたに腹に掻き抱いた。女の人の歌声が僕の肌を直接震わせる。カラシニコフが僕の体で温んでくる。

懐かしい気分になって、僕はたぶん、母を呼んだ。


目が覚めた瞬間、バラバラとトタン屋根を叩く雨音が聞こえた。いや、雨音が激しくて目が覚めたのだ。

家に帰ってきたんだっけ、と考えると同時に、今は乾季だと思い出す。これほど強く雨が降るはずもない。なによりも僕はカセットデッキとカラシニコフを抱えて壁際に横たわっていた。

雨音じゃない。銃声だ。

飛び起きた。途端に腕を引かれてしゃがむ。脛《すね》にカラシニコフがぶち当たった。手が冷え切っていたせいで取り落としたらしい。拾い上げると同時に、弾倉を抜いて残弾数を確認する。空っぽだ。新しい弾倉を求めてウエストバッグに手を伸ばしたけれど、僕の腰にはなにも巻き付いていなかった。広場で夕食を摂ったときに装備を解いてしまったのだ。

と、目の前にバナナ型の弾倉が差し出された。ヨアンだ。家の片隅に置かれた青いプラスチック製のバケツを指している。バケツに弾倉が隠されていたらしい。

家は仄明るい紫色に染まっていた。夜明けが来たのだ。そして、この村から逃げ出した人たちの反撃が始まった。

僕はカラシニコフの弾倉を交換すると、壁伝いに入り口まで移動する。耳を澄ませて銃声の切れ目を狙って、飛び出した。でも、どこを撃てばいいのかもわからない。

一発撃った刹那、あまりの衝撃で尻餅をついてしまった。寝起きのせいで巧く射撃姿勢がとれていなかったようだ。発砲の反動で、脚を天に投げ出して背中から倒れ込んでしまった。

それが幸いした。

ひん、と鼻先の空気が鳴いた。銃弾が過ったのだ。転がったまま首を巡らせば、家々の隙間に子供たちがいた。敵なのか味方なのかもわからない。

「カラマ！」とすぐ近くで声がした。仲間だ。でも名前がわからない。膝をついてＧ３を撃っている。

「敵は？」

「わからない。でもアイーシャが」

唐突に言葉を切って、仲間が前屈みになった。腹を抱えてゆっくりと倒れていく。ひょうひょうと空気漏れを起したような呼吸音ばかりで、言葉の続きは聞こえてこない。体の下に血が広がっていくのが見えた。乾いた地面に吸い込まれてどす黒くなっていく。

横たわった僕と、倒れた仲間とで視線の高さが同じだった。汗ばんでいるせいで、地面に着いた頬に分厚く砂がくっついている。仲間は忙しなく瞬きを繰り返し、無意味に地面を蹴散らすばかりだ。

「うん」僕は仲間に頷く。「アイーシャを助けなきゃね」

寝転んだまま家々の隙間に銃口を向けた。肘で銃身を支えて引き金を絞る。肩が外れそうな衝撃を無視して、弾倉ひとつ分を撃ち尽くす。

倒れた仲間からウエストバッグを外して、自分の腰に巻いた。ぼんやりと遠くを眺めながら脚をうごめかせている仲間に「借りていくよ」と断って、弾倉を入れ替える。

ちら、と自分が寝ていた家に視線をやると、薄闇の中でヨアンがうずくまっているのが見えた、気がした。構っている暇はない。立ち上がり、銃声のする方へと駆け出す。

敵と味方の区別が曖昧だったけれど、村の外側から来るのが敵だと考えれば簡単だった。ブラウン・ブラウンもマリファナ茶も口にしていなかったけれど、恐怖は感じなかった。

動くものに向けて撃って、撃ってから相手が敵だったのか味方だったのかを考える。でも結論が出る前に、次の敵を求めて走る。立ち止まっていると狙われるからだ。たぶん仲間の誰もが、正しく敵と味方を判別できていない。生き残ることだけを考えて――ひょっとしたらそれすら考える余裕もなく、ただ撃ちまくっている。

気がつけば隣にはアイーシャがいた。大声で笑っている。襲撃を予想していた彼女のことだから、事前にマリファナ茶を飲んでいたのかもしれない。

「わたしは！」アイーシャの叫びが銃声の合間を縫って響く。「悪魔だって殺してきたの！　人間なんかに、殺されるわけないでしょう！」

呼応してあちこちから叫びが上がる。仲間たちの歓声だ。

僕も叫ぶ。頭の中でアップテンポの歌が鳴り響いている。昨夜、カセットデッキから流れてきた女の人の声だ。全然似ていないのに、アイーシャの雄叫びと重なっていく。

空になった弾倉を交換する少しの時間、銃声や雄叫びが止んだ。たぶん、あまりにも大きな音を聞きすぎて耳がバカになったのだ。

不意に、頭の中の音楽が伸びやかな詠唱に変わった。墓地で耳にした、神さまの歌だ。死体の山からとろとろと流れ出ていた血の川を、妙にはっきりと思い描く。

「神さまにだって」僕は半ば無意識に宣言している。「殺されたりしない。アイーシャは悪魔だって殺せるんだ。僕らは」

——負けない。

仲間の誰かが、僕に唱和する。

僕も、どこまでも届く伸びやかな声で同調する。アイーシャのデタラメな叫びを軸にして、僕が歌う音階に寄り添って、バラバラだった仲間の声がひとつになっていく。

——負けない。殺されない。殺してやる。

単調な曲に、どんどん歌詞がついていく。幾重にも連なった発砲音が僕らの歌を彩っていく。

——僕らは悪魔だって殺せるんだ。

——きっと、神さまだって殺せる。

昼近くになって、村の襲撃はようやく落ち着いた。

僕らは敵の生き残りを広場に引きずって行って、ひとりずつ手首や肘先を山刀で切り落としていった。

二度と武器を握れないようにするためだ。

意外にも、ヨアンは積極的に僕らの手助けをした。自らすすんで山刀を握り、昨日まで仲間だった人たちの手首を眉ひとつ動かさずに叩き斬っていく。

ジョイや仲間を殺された僕らが敵の腕を切って長袖や半袖にするのは当然だ。けれどヨアンが、たった半月とはいえ一緒に暮らしていた村の人たちを躊躇なく害することができることに、僕は言い知れぬ不安を抱いていた。

僕は素直に、腕を失ってのたうち回る人たちの息づかいを横目に、「どうして」と尋ねる。

「どうして、知っている人の腕を、そんなに簡単に斬れるの？」

「どうしてって……」ヨアンは目を細めて、たぶん笑った。「俺自身が腕を斬られて埋められるか、他人の腕を斬って俺が助かるかなら、当然俺が助かる方を選ぶだろ？」

簡単なことだ、と彼は血と脂で曇った山刀の刃をきらめかせた。まるで墓穴掘りに使うシャベルを扱うような軽薄さだった。

彼にとっては村人の手首を切り落とすことも、墓掘りも大差ないのだろう。トァウがいなければ、彼にとってはなにひとつ価値がないのだ。——他人の命も、彼自身の命も。

僕はヨアンの投げやりな生き方に、薄ら寒さを覚える。彼の危うさに、じゃない。彼が自分の命に頓着しないということは、臆することなく勇敢に闘えるということだ。僕やアイーシャが必死に勝ち取った大佐の評価を、ヨアンはブラウン・ブラウンやマリファナ茶に頼ることもなく得るだろう。それが怖かった。

ヨアンは僕の初めての獲物で戦利品だけど、きっと僕なんかよりずっと部隊で評価される。僕はカラシニコフの発砲ひとつで尻餅をつく。山刀を振るってもサトウキビを切り倒すのがせいぜいだ。

僕は彼が振るう山刀の閃きを眺めながら、大佐にもらった携帯端末を握りしめる。

——僕には歌しかない。

僕と一緒にゲリラに連れてこられた子たちの中で、体力のない子は殺されてしまった。僕も用なしになれば、同じように殺される。

僕は、死にたくなかった。だから母を——。

母を、どうしたのだろう？　と首を傾げる。僕は母の最期を知らない。覚えていない。

広場に転がる捕虜たちを見回す。手首や肘から先を切り落とされて痙攣している人、頭をたたき割られている人、アイーシャは捕虜の足首を撃っては「逃げていいよ」と唆している。

アチラ側へは行きたくなかった。

僕は捕虜たちの苦痛の声を伴奏に、携帯端末に録音されている曲を一音ずつ、これまでになく丁寧に歌う。


村に残っていた子や大佐たちが合流するまでの六日間に、僕らは三回の襲撃を受けた。その都度、僕らは迎撃し、捕虜にした敵の手首を切り落としては追い返した。三度目の襲撃では、捕えた敵に自分たちの墓穴を掘らせてから手首を切り落として、墓穴から這い出ることもできず泣き叫ぶ上から土をかけて埋めてやった。

僕の予想通り、大佐はヨアンを気に入った様子だった。

大柄なヨアンはカラシニコフの扱いも上手だった。どれほど連射しても銃口を跳ね上げないし、射撃姿勢も崩さない。銃剣を捕虜に突き立てるときだって一撃で刃の根元まで刺せる。

ヨアンはすぐに僕たち男の子部隊の中心人物になった。

雨季が来て、乾季が来て、また雨季を迎えるころには、ヨアンが男の子部隊の隊長になっていた。

ヨアンが出世する間に、子供兵士の半分近くが入れ替わった。襲撃した村の生き残りから仲間になった子、襲撃中に戦死してしまった子、赤ん坊を産んで兵士から炊事係になった子、そして脱走した子。炊事係として連れてこられた女の人の中からも、脱走者が出ていた。

僕らは昼夜問わず村の周囲を警戒していた。敵襲はもちろん、そういう脱走者を発見することも大事な任務だ。

脱走者は可能ならば捕えて――うっかり撃ち殺してしまうことも多かったけれど――大佐に引き渡す決まりになっていた。ひどい暴力を受けて何日も寝込んでしまうほどの怪我を負うか、殺されてしまうかは大佐の気まぐれだったように思う。どちらにしろ、ろくな結末にはならない。たいてい脱走者は瀕死の状態だったり死体だったりで村の広場に転がされることになる。だから賢い僕らは従順に、より勇敢で残忍な兵士として振る舞うことを覚えた。

そういう生活をしているうちに、僕と同じ村から連れてこられた子はハウィナトゥただひとりになっていた。彼女だけが、僕に故郷を思い出させてくれる唯一の存在になった。

雨季が明けると、ハウィナトゥは赤ん坊を背負って食事を作るようになっていた。ンゴール・ンドゥグの子だ。それなのに、乾季に入ってすぐンゴール・ンドゥグは部隊から消えた。僕らが食料を求めて余所の村を襲撃しに出ていた一週間ほどの間に、死んでしまったのだという。心ない仲間の中にはハウィナトゥが年老いた夫に毒を盛ったのだと噂する者もいた。

確かに村の支配者は大人たちで、年長者のンゴール・ンドゥグは尊敬すべき相手だったけれど、戦闘に参加することもないンゴール・ンドゥグは暇つぶしのネタにする程度の「どうでもいい」存在だった。彼がいたところで戦況が変わるわけじゃないし、彼がいなければひとり分の食料が浮く。もしハウィナトゥが彼を殺したのだとしたら褒めてあげるべきだ、というのが僕たち子供兵士の共通見解だった。

もっとも、僕にとっての仲間は一緒に闘う子供兵士たちだ。

だから正直に言えば、炊事係であるハウィナトゥと赤ん坊がいつ部隊から消えたのかも、はっきりとは覚えていない。

いくつ目かの村——もちろんアイーシャとヨアンに率いられた僕たち子供兵士が制圧した村だ——へ移住するときに、ハウィナトゥは来なかった。前の村に置き去りにされたのか、道中で巧く逃げ出したのかすら、知らない。一緒に行動していた炊事係の女の人は曖昧に笑って「彼女はもう戻ってこないよ」と言うばかりだった。

「きっと」とアイーシャがそっと教えてくれた。「別の部隊に売られたんだよ」

ときどき、大佐は他の部隊と弾薬や武器、食料や女の人を売買しているのだという。

「支払いはね、ダイヤモンドを使うんだって。カラマは、ダイヤモンドって見たことがある？綺麗な、キラキラ光る石なんだって。どんな石なのかなぁ」

アイーシャはうっとりと眼を細めて、言う。

僕はとても久しぶりに、ニオを思い出していた。ダイヤモンドを採るためにエアーコンプレッサーのホースを咥えて川底に潜っていた、僕の兄。彼の、足首の後ろに刻まれた魚のトライバルを思い描こうとして、すっかりその形を忘れてしまっていることに気づく。

政府軍に遊び半分で撃ち殺されてしまった彼は、命懸けで得ていたダイヤモンドを「綺麗」だとは一度も言わなかったように記憶している。

僕の知るダイヤモンドは、薄黄色だったり茶色がかったりしている、ガラス片だ。武器や食料ならともかく、ハウィナトゥと赤ん坊が——僕の故郷が確かに存在したのだと示してくれる唯一の存在が——ガラス片ごときで取引されてしまったというのは信じがたい話だった。

ひょっとしたらハウィナトゥは死んでしまったのかもしれない。だとすれば、彼女がダイヤモンドと引き換えに売られたというのは、優しいアイーシャがついた嘘だろう。

結局のところ僕と故郷とは、ガラス片で途切れてしまうほど希薄な関係だったのだ。

第二章

7

僕がアイーシャたちと家族になってからどれくらいの時間が経ったのか正確にはわからない。過ごした雨季と乾季との数から考えて、たぶん二年か三年は経っているように思う。

雨季の移動は厳しくて、激しい雨の下、カラシニコフを抱いてバナナの木の下で身を寄せ合って夜を明かしたこともある。そういう夜、僕は努めて眠らず歌い続けるようにしていた。雨に体温を奪われた子が眠り込んで、そのまま死んでしまわないように、だ。乾季は乾季で敵との戦闘中にうっかり靴をなくして、アスファルトの道を素足で延々と歩くはめになったこともあった。足の裏の皮が一枚べろりと剝けるほどの火傷を負って、三日はろくに立つこともできなかった。

でも、そういう全部を、僕たち《子供部隊》は笑って受け入れていた。部隊の子たちは全員家族だったし、なによりも痛みや空腹はマリファナやコカインで消し去ることができた。もっとも薬物のせいで時間の感覚がよくわからなくなっていた側面もある。

滞在している村の食料や弾薬が尽きてくると別の村を襲っては移住する、ということを繰り返しているために、畑仕事や市場に並ぶ食材から季節を感ずることもできない。

加えて僕はあまり背が伸びなかった。後から部隊に入った子にすら身長を抜かされてしまうほどだ。だから自分の成長具合で時間を計ることも難しい。

そも僕は入隊時の年齢を偽っているのだ。本当なら、まだ十歳――部隊への入隊基準だ――を過ぎたばかりのはずだった。体が小さいせいでカラシニコフの反動に耐えることもできない。射撃も上達せず、銃剣を操る速度も上がらず、鉈を振るっても鉈の重みに引っ張られてよろめく有様だった。

それでも部隊から追い出されず、大佐から「役立たず」だと断じられて殺されもしなかったのは、僕自身の歌声のおかげだった。

僕は襲撃する村々で、大佐からもらった携帯端末に音楽をダウンロードした。陽気な男性歌手、勇ましい女性歌手、男女どちらとも知れない電子音の不思議な揺らぎ。僕の喉はそういういろいろな音を完璧に再現することができた。

即席映画館で掛かる古くて画質も音質も悪いＶＨＳよりずっと、僕の歌の方が部隊の子供から大人までを平等に楽しませていた。

だから僕は少しずつ自分自身のことを、家族と一緒にいる価値のある人間だと、信じはじめていた。

乾季の夕暮れだった。リベリアの赤土が傾いた太陽によって野火のように揺らめいていた。

僕らが身を潜める茂みの数十メートル先では、小さな集落が活気づいていた。大地にしがみつく影が、暢気に横たわる牛や忙しなく駆け回る犬、なにも知らず夕餉《ゆうげ》の支度に勤しむ女性たちを描き出している。

僕らは茂みの陰で車座になって、カラシニコフやG3の最後の点検をしていた。アイーシャが率いる女の子部隊が四人、ヨアンの率いる男の子部隊が五人という、小さな集落を狙うにはじゅうぶんすぎる戦力だった。

「じゃあ行こう」という段になって、僕らはカラシニコフの銃弾をひとつだけ分解した。火薬とコカインの粉末を掌で混ぜ合わせて、みんなで少しずつ口にした。トルエンの甘さが利いたブラウン・ブラウン《じゃん》だ。銃弾の火薬を舐《な》めると敵の弾にあたらなくなる。撃たれたとしても苦しまずに死ねる。なにも怖くない。自分が誰よりも強い存在になったと信じられる。高揚感が腹の底から湧き上がってくる。

「行こうか」とアイーシャの囁き声が僕らを促す。

「行こう」とヨアンが、男の子部隊に向かって頷く。

男の子部隊の誰よりも背が低い僕はカラシニコフを抱え直して、そっと口を開いた。緩やかに、乾季にも涸《か》れない湧き水めいた抑揚で、歌い出す。ふたつ前の村を襲ったときにラジヲが歌っていたやつで、題名は知らない。曲調の変化が面白くて、旋律だけを覚えた曲だ。

僕の声に、部隊のみんなの顔が輝いた。穏やかな歌い出しが少しずつ力強くなって、仲間が勝手なリズムと音で唱和し始める。僕は仲間の声に背を押され、サビの音程を駆け上がる。どこまでも高く、雲にだって届くんじゃないかという高音を美しく紡ぐ。

鳥の警告音じみた声を合図に、アイーシャが飛び出した。いつだって彼女は先陣を切る。次いでヨアンが駆け出す。

僕の歌声で、狩りが始まる。

仲間の歌声はいつの間にかデタラメな叫びになっていた。僕も精一杯の雄叫びを上げる。仲間に遅れないように突進する。昼寝をしていた牛が大慌てで逃げ出すのが見えた。

僕らのカラシニコフが雷めいた破裂音を連続させた。発砲の反動は強烈で、銃口はどんどん跳ね上がる。隣の女の子なんかはもはや空を撃っている。それでよかった。

村の人々は発砲音に驚いて逃げていく。弾があたるかどうかなんて誰も気にしていない。ただ逃げる。すべてを置いて、村を捨てていく。

ははは、と僕は笑う。仲間たちも笑っている。高らかに勝利の歌を叫びながら村を制圧していく。大人の男は撃って、女の人と子供たちはなるべく捕える。

村に一通り銃弾を浴びせた僕らは、死体を跨ぎながら家捜しを開始した。

アイーシャをはじめとした女の子部隊は、我先にと家々へ入っていく。可愛かったりかっこよかったりする服は早い者勝ちだというのが、女の子たちの間での取り決めだ。そのくせ生理用品や化粧品、その他細々とした日用品なんかは仲良くみんなで分け合っているというから、女の子というのはわからない。

僕たち男の子部隊の仕事は食料の確保と、仲間探しだ。逃げ遅れたり隠れたりしている子供を見つけて、仲間に入れる。

僕たち子供部隊もみんな、そうやって集められた。

ときおり発砲音が聞こえてきた。仲間が隠れていた村人を見つけて、殺しているのだろう。

鼻歌交じりにカラシニコフの残弾数を確かめたヨアンが、一軒の家を指差した。ウッドデッキにリクライニングチェアが据えてある。サイドテーブルにはラップトップ《ノートパソコン》が開いたまま置かれていた。他とは明らかに違う、金持ちの家だ。扉は閉じている。まだ住人が隠れている可能性があった。

「カラマ」ヨアンは薄ら笑いを浮かべて、僕を誘う。「ラジヲだ」

耳を澄ませると、湿っぽくひび割れた音楽が漏れていた。ざらり、と唇についていた甘味を舐めとる。襲撃前にみんなで分け合った、おまじない《ブラウン・ブラウン》の味だ。

僕はカラシニコフの残弾を確かめてから、扉のノブを捻る。カラマが扉を蹴破らんばかりの勢いで家へ飛び込んでいく。僕もすぐに部屋を覗き、銃口を隅々へと滑らせる。

ひときわ高く、ラジヲが鳴いた。それだけだ。家の中には誰もいなかった。食卓にはラジヲと、無造作に寝かされたカラシニコフがある。家主は自警団に所属していたのかもしれない、と思ったけれど、それにしては村人からの反撃が全くなかったことが気になった。なによりも自警団を組織するには、この村は小さすぎる。とはいえ、油断はできない。実際にこうして武器を備えている家があったのだから、おまじないを舐めてきて正解だった。

僕はカラシニコフを構えたまま早速キッチンに入る。火の消えたコンロに鍋が載っていた。蓋を開けると鶏肉の煮込みがいい具合に出来上がっている。

「ごちそうだ」とヨアンに報告したけれど返事がない。あれ？　と片手に鍋の蓋を、もう片手でカラシニコフを持ったまま部屋に引き返す。食卓の上で鳴き続けているラジヲの隣に鍋の蓋を置くと同時に、ラジヲが新しい曲を歌い始めた。

美しく濁らない発声が高く低く行き交う。圧倒的な音域を誇る歌姫の声に聞き惚れる。たどたどしく音階を追いかけた。歌詞が聞き取れなかったので、一拍遅れで音だけを真似る。苦も無く歌える音域から、脳天へ抜ける高音へと一気に駆け上がる。

そのとき。

歌姫の声が三重になった。ラジヲと僕と、遥か高音域まで届く誰かの声だ。得体の知れない歌声が、僕の体の内へと広がり怖気をもたらした。

隣の部屋だ。ふらりと、近づく。我知らず、きつくカラシニコフを握りしめていた。

部隊で、この音域を出せる人間なんて僕だけだ。これまで出会った誰も、捕虜の大人も仲間となった子供たちも、僕と同等には歌えない。

だからこそ僕は、カラシニコフが巧く撃てなくとも、大佐に殺されずに済んでいるのに――。

部屋は夜みたいに暗かった。窓に木板が打ち付けてあるせいだ。闇と溶け合うヨアンの背中越しに、僕は眩しい歌声を見る。

仄白い、少年とも少女ともつかない子供だった。ぺとんと床に座り込んで、天井に向かって声を迸《ほとばし》らせている。僕と同じくらい小柄なのに、その声量は窓を塞ぐ木板を震わせるほどだった。ラジヲの音がかすんでいく。その子の前では、スピーカでざらつく歌姫なんて無力だ。僕は一瞬、けれど敗北を噛み締めるに足る時間、完全に魅了されていた。

小鳥の高音から人の歌声へ、その子の喉が穏やかに下がってきた。風を捉えた大鷲が着地するような余韻が部屋を満たす。そして。

「クリスティーナ・アギレラだよ」

はっ、と鼻を鳴らして、その子が言う。

クリスティーナが誰なのかはわからなかったけれど、気圧された僕は「うん」と頷く。

「マライア・キャリーだよ」と応じたつもりだけど、声に出せた自信はない。

これが白人だろうか、とぼんやりと考える。雑誌や携帯端末、VHS映画の中でしか見たことのない色彩の子供だった。僕らの肥沃な黒土色の肌とは真逆で、白い肌も金色の髪も陽の届かない部屋にあって眩しいくらいだ。一ヵ所だけ、僕と競った喉が青黒いかさぶたで濁っている。

――首に巻かれた鈍色《にびいろ》の鎖が、その子を部屋につなぎ留めていた。

「おまえ」ヨアンが、囁くように問う。「なんなんだ。この家の子供か?」

「この家の、家具だよ」

冗談にしてはセンスのない答えだった。白い子供は自らの首を縛める鎖を引き寄せる。すぐに鎖がぴんと張る。先端が床に打ちつけられているのだ。

家具、とヨアンと僕は馬鹿みたいに繰り返す。

子供はにやりと唇を歪めて笑うと、僕に指を突き付けた。

「ボクは、誰よりも美しく歌える」

きみよりも、とその子の指が告げていた。

血の気が引いた。部隊での役割を見抜かれた。この子は僕がラジヲの真似をして歌っていた意味を瞬時に理解して、僕の地位を奪おうと考えたのだ。だからわざと、ヨアンという証人の前で歌ってみせた。

僕よりも歌の巧い子が部隊に入る。それはつまり、僕が完全な用なしになるということだ。役立たずには、死しかない。

白い子の、赤い唇が解ける。妖艶な色合いに不似合いな、緩やかな低音での歌い出しだ。僕も知っている楽曲だった。中盤に甲高く、魂すら飛び去ってしまいそうな高音パートがある。

僕も口を開く。肺の隅々までを使って、腹の底から声を張る。

僕は部隊で唯一の、歌える兵士だ。体が小さい僕は仲間ほど巧くカラシニコフを扱えない。略奪行為に加わっても腕に抱えられる荷物は少ないし、逃げ遅れた住民たちを恫喝するにも迫力が足りない。そんな僕が大佐に殺されることもなく部隊の一員でいられるのは、ひとえにこの歌声が他のどの部隊にもない希有なものだったからだ。聞き覚えた曲の数々で仲間を鼓舞してきたからだ。

だから大佐は僕に死ではなく、携帯端末をくれた。

もし僕よりも歌える子供が現れたら、大佐は容易く僕から携帯端末を取り上げるだろう。僕は用なしになる。別の部隊に売られるくらいならばまだいい。大佐の機嫌と僕の運が悪ければ、体の端から銃剣で切り刻まれて、殺される。

これまで大佐に殺された仲間たちの姿がチラついた。あの岩のような拳で顔が変形するまで殴られた子、口を切り裂かれて荒野に放置された子、死ぬまで指先から少しずつ斬り落とされていった子。数々の血の記憶が、僕の声を意図せず震わせた。

途端に白い子供の声が勢いを増した。挑発的な口元に、大佐に殺された子供たちの亡霊が重なった。視線を逸らして、埃っぽい天井の隅へと意識を向ける。緊張が喉を締めあげて音域を狭めてしまわないように、今だけは大佐を忘れる。

これは生存をかけた歌唱なのだ。

曲調が速くなった。僕が落ち着きを取り戻したことで、子供が焦っているのだ。早く高音パートに辿り着きたいのかもしれない。

子供の声が半瞬だけ、動揺した。

僕が本来の旋律から外れたからだ。主旋律を子供に任せて、脳天から空へと翔け上がる高音を出す。決して曲を台無しにしない絶妙のハーモニを描く。びりびりと部屋のあちこちが共鳴するのを感じる。

ふ、と主旋律が途切れた。座り込んだままの子供が、口を半開きにしたまま黙している。喉から垂れた鎖が乱れた息遣いに合わせて光っていた。

僕の勝ちだ。安堵の息をつく。

唐突に、背後から口笛がした。驚いて振り返ると、アイーシャたち女の子部隊が戸口に立っている。戦利品らしく、ぴったりと体に吸い付くTシャツとジーンズを着ている。ふくよかな胸の線が強調されて、それでいて下品ではない女性らしさを醸し出していた。村の捜索を終えたのか、カラシニコフは銃口を天井に向けて背負われていた。

アイーシャの後ろからは、Tシャツを何枚も重ね着して着ぶくれた女の子たちが顔を覗かせている。ズボンを三重に穿いて、さらに腰に縛っている子もいる。今回の襲撃に参加できなかった仲間たちへのお土産だ。年少の子供たちの分にしてはサイズが大きいようだったけれど、彼女たちの優しさの手前指摘はしない。

「なぁに、その子？」アイーシャが薄暗い部屋へと入ってきた。「カラマと同じ音が出せるなんて、凄いじゃない。新しい仲間？」

「あ、うん」僕は曖昧に視線を逸らす。「たぶん、違う、かな？　本人は、家具だって言ってるから」

「なにそれ」

変なの、と笑うアイーシャに、僕は「キッチンに、鶏の煮込みがあったよ」と報告する。「へえ、ごちそうだ」とアイーシャがキッチンへと足を向けたことに、ほっとした。それなのに。

「それは」と白い子供が、首につながれた鎖を握って立ち上がる。その眼差しが苛烈に燃えている。「ボクの食事だ。父さんが、ボクのために作ってくれた食事だ。それをおまえたちが、薄汚い押し込み強盗が」

「父さん？」

奪うのか、と怒鳴る子供を、ヨアンが遮った。

「おまえ、この家の家具なんだろう？　それなのに、この家の住人はおまえの父親なのか？　それにその肌……」

ヨアンは子供の頭の先からつま先までを眺め下ろす。白い肌に白いシャツ、くるぶし丈のゆったりとしたパンツまでが白い。ちらつく舌の赤さだけがいやに目につく。リベリアの小さな村では珍しい色だ。

アイーシャが、たった二歩で子供との距離を詰めた。まじまじと顔を覗き込み、足先から金髪の頭頂部まで視線を往復させる。

「あなた、ひょっとして、アルビノなの？」

戸口でこちらを窺っていた女の子部隊の三人がざわついた。肌も髪も白い人間をアルビノと呼ぶのだと聞いたことはある。けれどどうして女の子たちが騒ぐのかが、僕にはわからない。

ヨアンの方は、完全に馬鹿にしきった表情をしていた。

「ただの白人だろう？　アルビノなら家具にはしない」

「だからこそ」アイーシャは、子供の首に下がった鎖をひと撫でした。「鎖につないで逃げないようにして、家具ってことにしてたんじゃない？　近所に知られないように、奪われないように。だってアルビノってすごく、ものすごく、高値で売れるっていうじゃない」

「魔術に、つかうのよね？」

女の子部隊の誰かが、そう言った。

「村に」女の子の呟きが、いやに大きく響く。「帰れるってこと……？」

僕やヨアンをはじめとしてこの襲撃に参加している子は、そして大佐とともに村に残っている子供兵士たちは、みんな故郷の村を襲われ拉致されてきた子供たちだ。僕らは全員、ゲリラを率いる大佐の所有物だ。大佐を筆頭とする大人たちからは逃げられない。もし逃げられたとしても残された仲間が罰を受ける。捕まれば死ぬほど殴られる。鼻や腕を斬り落とされる。逃げる途中で撃ち殺された子供たちを、何度も見てきた。

けれど魔術を使えば？　あの大佐から僕らの身を隠してくれる魔術があれば？

囁き交わす声が重なり合い、明確な言葉として聞き取れない。いつの間にか男の子部隊までが戸口からこちらを窺っている。

それなのに当の本人は鎖をかちゃかちゃと鳴らして、女の子部隊越しに鶏の煮込み料理を気にしていた。

そんな幼い様子を訝《いぶか》しんだのか、アイーシャは「あなた」と幾分語調を弱めるようだ。

「いくつ？　いつから鎖につながれているの？」

「……知らない」子供が唇を尖らせる。

「生理はきてるの？」

「は？」とこれは三重奏になった。ヨアンと僕はあからさまな女の子向けの話題に、居心地悪く足元を見る。子供はといえば、心底不愉快そうに顔を歪めていた。

「わたしたちの部隊では、女の子は生理が来たら十四歳ってことになるの」

ね？　と女の子部隊を振り返ったアイーシャが、素早く身を引いた。ほとんど同時に青白い腕が空を薙ぐ。反射的にカラシニコフを構えた。ヨアンも同じだ。

鋭い舌打ちをしたのは、白い子供だった。アイーシャを殴り損ねた手を胸元で握り直している。僕らの銃口など見えていないかのようだ。感情に任せた下手くそな第二撃が繰り出される。

アイーシャはあっさりと子供の拳を避けた。もう一歩を踏み込む途中、鎖の遊びが尽きた子供は「ぐえ」と無様な声を上げて尻餅をつく。

「なにが気に食わないの？」アイーシャの、慈愛すら感ずる声だ。「わたしたちは確かにこの村を襲った強盗だけど、あなたを鎖につないでいたお父さんよりずっとマシよ。少なくとも、わたしたちは家族になれる。家族を鎖でくくったりしない」

どうだか、と僕は胸中で皮肉に考える。僕らの父親である大佐だって、変わらない。たったひとりの歌手のために料理をしてくれるならば、この子の「お父さん」のほうがマシかもしれない。僕らは僕らの食事を、こうして略奪しなければ得られないのだから。

「ボクは」と子供は俯いてぼそぼそと話す。僕に挑んできたときの冴えも、アイーシャに殴りかかった勢いもない。

「ボクは、男だ」

アイーシャが鼻を鳴らした。「なんだ」と床にへたり込んだ子供を半眼で見下ろす。

「なら銃は？　使える？　使えるなら十歳以上、使えないのならそれ以下。その身長なら十五歳には足りないしね」

僕は銃口を下げて、膝を折った。子供の、茶色い瞳と高さが揃う。でも視線は合わない。彼は床の砂埃と自分をつなぐ鎖とを落ち着きなく見比べている。

「僕らと、仲間になろうよ。部隊の子はみんな、たいてい自分が何歳かわかっていないから、そうやって年齢を決めて班分けをするんだ。僕もまだ背が足りなくて十五歳になれていないんだけど。もし君がおとなしく一緒に来てくれるなら、きっと僕らは仲間に……家族になれる」

「家族……」

忌々しそうにも逡巡しているようにも思える抑揚で、子供は僕の言葉を繰り返す。

僕は、彼の白く頼りない首をつなぎ留めている鎖の先へ視線を移す。太い金具がしっかりと床板に打ち込まれていた。

立ち上がって、鎖の終着点の真上に立つ。カラシニコフの安全装置が外れていることを確かめてから銃口を床板に向けた。引き金を弾くように、一秒に満たない時間だけ絞る。

湿気た発砲音に怯えたのか、反射的な動きで子供が立ち上がった。後退る子をつなぎとめるはずの鎖は、抵抗なく彼の足下にわだかまった。

「あ」と彼は驚いたように息を漏らす。一歩後退り、さらに一歩横に動き、自分が自由に動けることを確認するようにゆっくりとその場で一周した。

僕はカラシニコフを背中に回して白い彼と向き合う。握手を求めて空っぽの右手を差し出す。

「僕はカラマ。彼女はアイーシャ、こっちはヨアンだよ」

沈黙が数秒続き、おずおずと白い手が伸ばされる。僕の手が肥沃な黒土だとすれば、彼は苛烈な真昼の太陽だった。掌が合わさり、ふたりの隙間で増幅された熱が汗を生んだ。

「……アンヘル」

「アンヘル？」失笑交じりに繰り返したのは、アイーシャだ。「それ、天使って意味でしょう？　鎖につながれた天使さま？　じゃあ、あなたのお父さんは神さまだったの？」

「ボクの声は、天使のそれなんだ」

アンヘルの反論は力なく、首から垂れた鎖じみた鈍さで落ちていく。

アイーシャも自分の揶揄が彼を傷つけたことを悟ったようだ。気まずそうに瞬きを繰り返し、結局なにも言わずに踵を返した。キッチンを物色していた女の子を呼びつけて、家から出て行ってしまう。

アンヘルがアルビノなのか、銃を扱えるのか、なにひとつわからなかったけれど、アイーシャはそれでいいと判断したのだ。それらの判断は戦利品たる彼を連れ帰ったあと、僕らの大佐《父親》がしてくれる。

彼は売られていくのだろうか。おまじないに用いるために手足をバラバラにされて、一等高値が付くという性器を切り取られて、彼の全部が散り散りになるのだ。

僕は彼と握手をした掌を見る。ふたり分の汗はもう乾いている。彼の白い掌と、僕のピンク色の掌。同じ熱を帯びているのに、彼は歌う家具だったのだ。

僕は彼と競った歌を口遊む。ワンフレーズだけ、一番高音になるパートを繰り返す。ラジヲが男性歌手の声をかぶせてきた。アンヘルはもう、僕に唱和しない。鎖を手首に巻き付けて遊んでいる。それがなぜか、少し寂しかった。


村の中央広場には、家々から運び出した戦利品が集められていた。玩具みたいな拳銃やカラシニコフ、銃弾や缶詰、袋詰めにされた乾燥トウモロコシなどが積み上がっている。

その傍らに、三人の子供が跪《ひざまず》かされていた。この村の子供だ。怯えた様子で身を縮こまらせている中にひとりだけ、僕を睨みつけている少年がいた。いや、僕と一緒にいるアンヘルを見ているのだ。当のアンヘルはといえば、自らの首から下がる鎖を弄《もてあそ》ぶばかりで、同じ村の子供たちを気に掛ける素振りすらない。

「きみたちには」と三人の子供たちの前に立ったアイーシャが、山刀を閃かせた。「二つの選択肢がある。わたしたちの仲間となって大佐のために戦うか、わたしたちに銃を向ける可能性があるその腕を斬られて自由の身となるか」

アンヘルを睨んでいた少年が唾を吐いた。

「ゲリラになるくらいなら腕を」

斬られたほうがましだ、と強がる声が途切れた。アイーシャが山刀を振り下ろしたのだ。少年の手首から先が千切れ飛び、噴き出た血がアイーシャのスニーカを汚した。

アイーシャは舌打ちをし、女の子部隊の年少者に顎をしゃくる。すぐに新しいスニーカが差し出された。この村で奪った戦利品のひとつだ。彼女は無防備に身を屈めて靴を履き替えてから、「さて」と残った二人を見下ろす。

「きみたちの選択肢は二つだ」

手首を切られた少年は白目を剝いて体を跳ねさせていた。出血性のショック症状だ。あれはもう助からないな、と僕は無感動に成り行きを見守る。

「長袖になるか、仲間に」

アイーシャが再びの問いを口にし終えるより早く、ふたりの子供は大きく何度も頷いた。長袖、が長袖丈に腕を斬られることだと悟ったのだろう。「仲間にしてください」と悲鳴じみた懇願を繰り返している。

体格が幼いけれど弾薬運びくらいはできるだろう、と見当をつける。兵士としては頼りなくとも、水汲み係としては役立つはずだ。どのみち役割をこなせない子供は大佐に殺されるのだから、ここでアイーシャが手を下す必要もない。

そんなことを考えたとき、熟れた太陽を呑み込む地平線に土煙が上がっていることに気がついた。ピックアップトラックのシルエットが陽炎に揺らいでいる。

僕らは緊張で身を固くする。車を運転できるのは大人だけだ。目をこらせば荷台に積まれた大型武器が見えた。武装ピックアップトラック《テクニカル》だ。その後ろにも大きな車体が見え隠れしていた。

大人の兵士だ。

アイーシャが素早く自分のカラシニコフの残弾を確かめた。仲間が彼女に倣う。もちろん僕も心許ない残弾を戦利品で補給する。

ゲリラである僕たちは常に誰かから追われている。警察、政府軍、ごく稀に襲った村の大人たちが誘拐された子供を取り返しに来ることだってあった。そういう連中は必ず、僕らと同等かそれ以上の武器を持っている。

と、新たに仲間となったはずの子供たちが突然走り出した。僕らの動揺を逃げる好機だと考えたらしい。

馬鹿だな、と僕は冷静にアイーシャを見る。ヨアンを見る。ふたりともがすでに、小さな逃亡者にカラシニコフを向けていた。身長が低くて骨格も柔《やわ》な僕とは違う、しっかりとした構えだ。躊躇のない発砲音が轟いた。逃亡者の背に真っ赤な血が咲く。倒れた子供たちは少しの間もがいていたかもしれない。それもすぐに、流れた血とともに乾いた地面へ吸い込まれて、どす黒い沈黙になる。

ははは、とアンヘルの、泣いているような笑い声がした。彼は、泣いていなかった。虚ろな表情で、声だけが不安定に揺らいでいる。

「どうして笑うの?」僕は好奇心に駆られて問う。「同じ村の子だろ?」

「同じ村にいたけど、アレはボクに石を投げる側だったから」

「……次に腕を斬られるのは、きみかもしれないのに?」

「アレは腐敗した政府に投票させないための儀式だろう? ボクは白人だから投票権なんてないし、腕を斬られることはないよ」

「投票権?」

なにそれ? と首を傾げた僕に、アンヘルは少し驚いた様子で「知らないの?」と問う。

「昔、この国から多くの黒人たちが奴隷として国外に連れて行かれたんだ。だから今は黒人主体で国を造るために、黒人以外は政治に参加できないんだよ」

へえ、と僕は彼の博識具合に、素直に感歎を示す。でも。

「投票権？　は関係ないと思うよ。だってアレは、生き残った子が武器を持って反攻しないように腕を斬っているんだから」

「なら、なおさらボクには関係ないよ。武器なんて、一回だって持ったことがないもん」

それに、とアンヘルは首から垂れた鎖を、ちゃりちゃりと鳴らす。

「どう考えたって逃げるのは賢い選択じゃない。この装備と人数のゲリラから無事に逃げ果せるなんて考えられないし、もし逃げられたって、その先にはゲリラと大して変わらない生活しかないじゃないか」

それは鎖につながれて家具として生きていた彼だからこその言葉だろうか、と僕は鎖の鈍い輝きを見る。彼は、どこかから逃げた末に家具となったのだろうか。家具としての生活から逃げようとしたのだろうか。

僕は、大佐に囚われる以前のことをあまり覚えていない。母がいたことは覚えているけれど、顔は忘れてしまった。いや、母の最期の顔は覚えている。

——村を襲った政府軍が撃ったのだ。連中は発砲の反動を殺しきれずカラシニコフの銃口を跳ね上げてしまった。だから母は、胸から頭まで真っ赤に潰れてしまった。

僕の記憶にある母には、顔がない。ただの肉片だ。

その印象が強いせいか、アイーシャたちがどうやって僕を救ってくれたのかは、本当に覚えていなかった。気がつけば母の死体はなく、僕は部隊が逗留している村にいて、アイーシャが僕を慰めてくれていた。

それからはずっと、アイーシャが家族だった。大人の癇癪《かんしゃく》で死ぬほど殴られた夜もアイーシャが手当てをしてくれたし、失敗して食事を抜かれた日も彼女がこっそり食料を持ってきてくれた。いつしか、そこにヨアンが加わった。

大佐の暴力によって集められ、つながれ、寄り添う家族だ。

「僕らは家族だから、この生活も悪くないよ。少なくとも、鎖でつながれたりはしない。アイーシャは女の子部隊の隊長で、僕のお姉さんみたいなもので、悪魔だって殺せる無敵の兵士なんだ」彼女を視線で示してから、ヨアンへと顔を向ける。「彼は僕の初めての戦利品で、男の子部隊の隊長で、僕が捕える前は家具を修理する職人だったんだよ」

へえ、とアンヘルは大して興味もなさそうに息を漏らしてから、「きみは？」と僕を見つめた。

「きみは、なに？」

「僕は……」

どう続けるべきなのか、わからなかった。僕の役割は、仲間を歌で鼓舞することだ。でもそれを端的に言い表す言葉が見つからない。

ピックアップトラックの、ヒステリックなエンジン音が迫っていた。僕はアンヘルから目を逸らす。敵を迎え撃つために、カラシニコフを構えに載せる。

と、アイーシャが構えを解く。ヨアンも他の仲間も、拍子抜けしたような顔で肩を竦めている。

ピックアップトラックはもう、村のすぐ傍まで来ていた。

僕はようやく、助手席に座っている男の人に気づく。黒いサングラスをかけた屈強な男が不機嫌そうに唇を引き結んでいる。左の側頭部にあるトライバルが夕日を受けて、紫色になっていた。

大佐だ。

僕は不吉な予感に体を硬くする。大佐が、こんなに小さな村に来る理由なんてない。僕たちがこの村から食料や薬、弾薬なんかを持ち帰るのを、他の仲間たちと待っているはずだ。

それなのに大佐は、わざわざテクニカルで僕らを追ってきた。

大佐のテクニカルは無警戒に村の中へと進んでくる。

すぐ後ろに、白っぽいワンボックスカーがいた。見覚えのない車だ。どちらにも窓ガラスははまっていない。いざ戦闘となれば簡単に割れてしまうのだから最初からないほうがいい、というのがテクニカルを駆る大人たちの見解だ。ならば、このワンボックスカーも戦闘に参加することが前提なのだろう。

ワンボックスカーの運転席には、男が座っていた。白い肌と金に透ける髪とが、砂埃を受けてなお輝いている。

僕はアンヘルを——彼の白い肌と金の髪とを、見る。

「きみは本当に、ただの白人だったんだね」

魔術に用いられるアルビノではなかったことに少しだけ、失望を覚えた。彼がバラバラ死体にされる危険性を認識してなお、僕は彼によってなんらかの魔術が執り行われる可能性を期待していたのだ。

そんな薄情な僕を、アンヘルは見ていなかった。僕らが彼の家に押し入ったときよりもずっと緊張した様子で、首から垂れた鎖を握りしめている。

エンスト気味に停まったピックアップトラックから、大佐が降りてきた。砂色のカーゴパンツにはサイホルスターがくくられていて、これ見よがしにナイフが納められている。腰のベルトには銃剣がぶら下がっていた。

アイーシャは山刀で一息に反乱要因たる子供の腕を断ち切ったけれど、大佐は小さなナイフや銃剣でねちねちと刃を何往復もさせて指を一本ずつ、指がなくなれば掌の肉を、手首を、切り刻み削ぎ落とす。

子供兵士《僕たち》はそういう大佐の残虐性を恐れ、同時に憧れてもいる。

大佐の後ろに停まったワンボックスカーの助手席から降りてきたのは、白人の女だった。頭から垂らした大きなスカーフで首元までを覆っている。夕焼けを背負っているせいで、彼女の肌は燃えているように赤く色づいていた。

運転手の白人男はハンドルに両腕と顎を乗せて傍観を決め込んでいる。

「こんにちは」女は訛《なまり》の強い英語で挨拶をしつつ、僕らを見回した。「すごい歌声を持つ子がいるときいて足を運んだのだけれど……どの子？」

誰も、なにも言わなかった。それなのに誰もが僕へと視線を注ぐ。じゅうぶんな答えだ。

女は無遠慮に僕の前に立つ。大きな女だ。いや、僕の背がまだ十五歳の規定に達していないからそう感じるのかもしれない。

女の威圧感に俯きそうになって、大慌てで顎を上げた。大佐の前で怯えた姿勢を見せようものなら、あとでどんな折檻を受けるか知れない。大佐は臆病者が嫌いなのだ。

女は両手でスカーフを抑えつつ、腰を折って僕の顔を覗き込む。甘ったるい異臭がした。果物を煮詰めて腐らせたような、香水のそれだ。それなのに、アイーシャとヨアンに撃ち殺された子供たちに集まりつつあるハエは女を無視している。

「あなた、名前は？」

僕は唇を噛んで、女を睨む。女の肩越しに、アイーシャと何事かを話している大佐を盗み見る。思いがけず、視線が合った。瞬間的に冷汗が背を伝う。

「あなた」女はおっとりと言葉を続ける。「歌が上手なの？」

「歌なら！」アイーシャの悲鳴が割り込んだ。「そっちの子が歌えるわ！　白い、天使の歌声を持つ子供なんだって、自分で言ってた」

手持無沙汰そうに鎖を弄《いじ》っていたアンヘルが、口元を緩めた。嗤ったようにも「え？」と問い返したようにも見える表情だった。

「あの子、カラマと同じ声で歌えるんです。だから、あの子でいいでしょう？　この村で見つけた、わたしたちの戦利品なの」

アイーシャは小走りで僕らのところまで来ると、僕の腕を強く掴んだ。「ね」と低く、まるで誰かに銃口を突き付けられているような声音で囁く。

「カラマは、どこにも、行かないよね？　わたしたち、家族なんだから」

「行かないよ」と答えてあげたかった。こんなに恐慌を滲ませる彼女は初めてだ。けれど僕の身柄は僕のものではない。僕は、大股で近づいてくる大佐を仰ぐ。

「その子と」大佐の感情のこもらない声だ。「おまえとでは、どちらが巧い？」

「僕です」

「同じくらいです！」

アイーシャの叫びが、吹き飛んだ。大佐が警告なしに腕を薙ぎ払ったのだ。アイーシャの細い体が地面に倒れ込み、新品の服が土で汚れる。誰も助け起こさない。みんな大佐の不機嫌が自分に向くことが怖いのだ。僕も、そうだ。

大佐の太い指がアンヘルの首へと伸びた。縊《くび》り殺されるんじゃないかと、僕は息を詰める。聞こえてきたのは、小気味良く鎖が遊ぶ音だ。そして。

警告音が響き渡る。

不意打ちに肩が跳ねた。アンヘルの、いきなりの高音だ。甲高く伸びのある声が数秒、緩やかな音階を踏んで音が下りてきた。さらに低く、地の底に達するほどの低音が掠れることなく生み出されていく。

女は無言だった。大佐も黙っている。アンヘルだけが、天から地へつながる音階を歌っている。彼が一番低い音を紡ぎ終えた刹那、僕は同じ音を発する。今度は僕が、アンヘルの音階を遡る。地の底を思わせる低音から雲を貫く高音へ、彼が駆け下りた音階をゆっくり、息が続く限り大声で歌う。

最後の音を掠れさせることなく長く発してから、喉を宥めるために浅く息を吐いた。喘ぎたい気分だったけれど、意地で耐える。大佐の評価を、女の査定を、落としたくなかった。

「いいわ。ふたりとも貰いましょう」

女の頷きに、アイーシャがはっと顔を上げた。十数分前まで力強くカラシニコフと山刀を振っていた彼女は今、痩せ衰えた老女のように頬をこわばらせている。

ワンボックスカーの運転手が、重たそうになにかを抱えて降りてきた。自動小銃だ。少なくとも五挺はある。運転手はそれを大佐の足元に置くと、車に取って返し今度は木箱を抱えて戻ってくる。ひどいへっぴり腰だった。銃弾が詰まっているのだろう。

それが、僕とアンヘルの値段なのだ。

アイーシャが弾けるように立ち上がり、僕に抱きつく。熱く湿った体が押し付けられて、息苦しい。惰性で彼女の体を抱き返しながら、僕はただ女の動向を見ていた。

大佐の大きく分厚い掌にガラス片を載せている。――黄色く濁った、ダイヤモンドの粒だ。子供たちが命がけで川底から拾う石ころが、川も井戸もない小さな村での売買に用いられている。いつだったかアイーシャが、「ハウィナトゥと赤ん坊はダイヤモンドで売られた」と教えてくれた。ダイヤモンドとは綺麗な石なのだと信じている口ぶりだった。

あれがダイヤモンドだよ、と教えてあげようと口を開いたところで。

「わたしも」耳朶に、アイーシャの懇願が触れた。「歌えるって言って。あの女に、わたしも連れて行くように言って」

お願い、と囁きながら、アイーシャは僕の体に縋《すが》りつつしゃがみこんだ。最後まで僕のシャツを握りしめていた手が、力なく落ちる。女の子部隊を率いる隊長としての威厳はどこにもない。弱々しい女の子が、うずくまって泣いていた。

彼女だって、嘘をついたって無駄だと理解しているのだ。大佐から逃れる術《すべ》はない。別の部隊に売られるか、逃げようとして殺されるかの、どちらかだ。

はは、とアンヘルの吐息が笑った。僕は彼の喉の眩しさから目を逸らす。アイーシャとヨアンに撃ち殺された子供の死体が見えた。

鎖を引きずったアンヘルがワンボックスカーに吸い込まれていく。僕はまだ、アイーシャと大佐の前から動けなかった。

「これから」女の白い手が、僕の肘に触れた。「あなたは歌手になるの。学校でたくさん勉強して、世界でも稀有な存在へと成長するの。もう人を殺さなくていいのよ」

女の手が、僕からカラシニコフを取り上げる。大佐の強引な腕が奪っていったのかもしれない。予備弾倉を詰め込んだウエストバッグも外される。そこには大佐から貰った携帯端末も入っている。

僕は、口の中に甘さを求める。襲撃前に仲間と分け合った火薬《トルエン》の味だ。敵の弾にあたらなくなる、おまじないをさがす。すっかり消えてしまって名残すら感じられない。

僕は、女に促されるままワンボックスカーに乗り込む。ガラスのはまっていない窓越しに、ヨアンと視線が合った。泣きじゃくるアイーシャの肩に手を置いて、僕を睨んでいる。

ふたりを置き去りにする僕を憎んでいるのだろうか。けれど仕方がない。僕らは大佐の所有物だ。自動小銃と濁ったダイヤモンドで売られた以上、僕はもう大佐の家族ではいられない。

そう自分に言い聞かせて、俯いた。

8

ワンボックスカーに吹き込む熱せられた砂雑《ま》じりの風は、しばらくすると冷え冷えとしてきた。太陽はとうに沈み、夜の気配が滲んでいる。

夜の闇を、前照灯を点したまま走るなど自殺行為だ。強盗は往々にして夕方から夜に出る。僕らだって、そうやってたくさんのものを奪ってきた。

カラシニコフを求めて無意識にシートを探っていた手が、生温かく柔らかいものに触れた。アンヘルの手だ。どちらからともなく指を絡ませて、手をつなぐ。

車内を見回すと、後ろの席に二人の子供が座っていることに気がついた。女の子だ。別の部隊で買われたのだろう。

運転手の白人男は無防備にも、運転席と助手席の間に据えられたガンラックに自動小銃を置いていた。僕らが使っていたカラシニコフとは違い、ひび割れや汚れなどひとつもない飾り物めいた綺麗さだ。

僕らを買った白人女は、運転席のすぐ後ろの席に着いていた。武装しているようには見えない。姿勢だって弛んでいる。銃を手元から離している運転手と非武装の女、そしてカラシニコフを取り上げられた子供兵士を詰め込んだワンボックスカーで夜を往くなんて、本当に自殺願望でもあるのかもしれない。

視界の端で、アンヘルの白い肌と金の髪が淡い光を放っていた。よく晴れた夜に浮かぶ満月みたいだ。同じ白人でも、僕らを買った女はくすんでいる。頭からかぶったスカーフのせいかもしれない。

カラシニコフを奪われた僕は、到底凶器になりそうもないアンヘルの手を握ってワンボックスカーに身を任せる。数時間前の僕たちのような強盗が襲ってこないことを祈りながら、天使の名を持つ少年と手をつないで瞼を閉ざす。

夢うつつに、いくつもの検問を抜けていくのを感じていた。そのたびに白人女がなにかの書類を提示していた。ワンボックスカーを覗き込んでくる検問所の兵士たちは、みんな一様にピカピカのカラシニコフを背負っていた。

そういえば、と僕は寝たふりをしながら考える。僕たちはリベリアとシエラレオネを行き来しながら村を襲っていたけれど、国境を越えるために戦闘をしたことはなかった。おそらく検問所の兵士たちはろくに銃を撃ったことすらないのだろう。

隣で本当に眠りこけているアンヘルを起してしまわないように注意深く身動いだとき、腰に硬いものが当たるのに気づく。銃剣だ。大佐や白人女は僕からカラシニコフと銃弾を奪っただけで満足し、銃剣を見落としたのだ。

途端に不安が消えた。新品めいたカラシニコフを持つ兵士や運転手など怖くもない。だって大佐は、銃剣一本で大人も子供も殺していた。指先から順に切り落として、死と恐怖とでみんなを支配していた。

僕は大佐のような、立派な大人になるのだ。なにも恐れず、強い兵士となって、アイーシャやヨアンの下に戻ろう。

そう決意し、僕はシートに深く座り直す。

ワンボックスカーが目的地に着いたのは、深夜になってからだった。月の具合から見て、数時間もすれば空が白んでくるだろう。

僕とアンヘルを乗せてからもいろいろなところで数人ずつ拾っていったために、ワンボックスカーは満席状態だった。みんな、十代前半から十代半ばと思しき子供たちだ。武器や紙幣だけで買い取られた子、ダイヤモンドつきで買われた子など、価値はそれぞれで違うようだった。

子供たちを満載したワンボックスカーは高い塀の中に吸い込まれていく。背後でスライド式の鉄扉が閉じる音が、ゴロゴロと遠雷じみて聞こえていた。振り返れば鉄扉とそれを守る警備兵が見えるだろう。でも、そうしなかった。

塀からしばらく往ったところにある、白い二階建ての建物に押し込まれる。

廊下も壁も妙に青白い建物だった。眠たそうな顔をした大人の男女が廊下の端から僕らを遠巻きに窺っている。みんな無個性に、Tシャツに白衣を引っかけた格好だ。

「もう遅いから」白人女は僕らを見回し、英語で言った。「今夜は寝なさい。なにかあれば、あそこの」生白い指が、廊下の端にいる白衣の大人たちを示す。「スタッフに訊きなさい」

僕らは答えなかった。頷きもせず、目を眇めて廊下の大人を睨めつけていた。たぶんみんな同じことを――大人たちが武装しているか否か、自分たちより強いかどうかを、探っていたのだ。

僕の見立てでは、誰も武装していなかった。つまりいつでも制圧できるということだ。

安心した僕は、スタッフに案内されるまま部屋に入る。左右の壁際に三台ずつパイプ製のベッドが並んでいた。青い毛布と黄ばんだ枕が用意されている。

アンヘルが仔犬のように部屋に駆け込んだ。鉄格子のはまった窓に近いベッドに飛び乗ると「ここ、ボクのベッドね」と無邪気に宣言する。

誰も返事をしなかったけれど、アンヘルの勢いにつられて僕らもなんとなくそれぞれにベッドを決めて腰をかける。僕はアンヘルの隣のベッドに浅く座った。僕のさらに隣のベッドには、白い長袖シャツとふわふわとした丈の長いパンツを穿いた子が座る。

僕とアンヘルと隣の白シャツの子、そして同じワンボックスカーに乗っていたふたりとで五台のベッドが埋まった。残った一台は空っぽのままだ。

全員男の子だった。同乗していた女の子たちは別の部屋に閉じ込められたのだろう。女の子は捕虜であり商品だから。

僕は同室者をひとりずつ観察する。手足の傷痕、眼差し、姿勢。向かいのベッドに陣取ったふたりは見馴れた——兵士としての振る舞いをする子供だった。

「今日から」スタッフが、僕たち五人を見回した。「仲良くしてね」

同室の五人で、という意味なのか、非武装に白衣という油断しきった格好のスタッフたちと、という意味なのかはわからない。どちらにしろ、僕は頷かない。

スタッフが「おやすみ」と言い置いて出て行くや、僕は隣のベッドと、向かいのベッドに座る子たちに「きみたちは」と口を開く。

「どっち?」

「どっちって?」困惑したように顔を歪めたのは、隣のベッドの子だった。「なにとなにでの、どっち?」

「政府軍?　それとも反政府軍?」

「どっちでもないよ」隣の子は寂しそうに頬を緩めた。「オレはソマリアから来たんだ」

ソマリアがどこかは知らないけれど、ソマリアという国名は知っていた。昔、アイーシャが教えてくれた。

「武装したピックアップトラック《テクニカル》と重機関銃《デシーカ》の国だね。あれさえあれば怖い物なしだった」

「おまえ」と僕を遮ったのは、向かいのベッドの男の子だ。僕よりいくつか年上だろう。「ひょっとしてゲリラか」

「そうだよ」

答えるや否や、向かいのふたりが勢いよく立ち上がった。拳を握って跳びかかってくる。呆れたことに、ふたりともが素手だった。

政府軍の子供兵士かもしれないと予期していた僕は、慌てることなく腰の後ろから銃剣を引き抜く。

「よくも家族を」

殺しやがって！　と叫んだひとり目の首筋に、銃剣を突き立てる。はずだったのに、狙いが逸れて肩口になった。力任せに引き抜いて、今度は鎖骨の下に刃をねじ込む。いやに甲高い悲鳴が上がった。そのまま横に切り裂いてから、ふたり目に向かって銃剣を突き出す。

生ぬるい血が顔にかかった。視界が悪い。たぶん、部屋の電灯がチラついているせいだ。相手の悲鳴が頭に響いて目眩がした。それでも手応えだけを頼りに銃剣を突き刺し続ける。

あれ？　と内心で首を傾げる。ひょっとして僕はゲリラとしてまっとうに闘えているんじゃないだろうか。僕より後から部隊に入ったヨアンがあまりにも容易く出世してしまったから、てっきり僕は落ちこぼれの兵士なのだと思っていた。けれど今の僕は、ひとりでも敵と闘えている。殺せている。

動かなくなったふたり目の上から退いて、自分のTシャツの裾で銃剣を拭う。刃の鈍いきらめきが見づらかった。顔についた血を腕で拭うと、ようやく視界が開けた。

「動くな！」「止めろ！」「離れろ！」と男たちの怒声が何重にもなって響いた。見れば、戸口に警備兵がふたり立ち塞がっている。ふたりともが自動小銃を、僕に向けて構えている。

ピカピカのカラシニコフだ。ガンオイルで丁寧に、ともすれば毎日、手入れしているのだろう。銃口にも銃身にも火薬の残滓すらない。

僕は緩く首を巡らせて、アンヘルを振り返る。彼はベッドの上であぐらを掻いて、身を乗り出していた。僕の戦果に興味があるらしい。

もうひとりの子は、ベッドの上で膝を抱えている。飛び散る血で白い服が汚れることを厭うたのかもしれない。

「ねえ」僕は膝を抱えている子に、声をかける。「きみは、どっち？」

「どっちって……」彼は言い淀む。怯えたわけではなく、返答を考えていただけだと思しき間が数秒して「だから、どっちでもないよ」と繰り返す。「オレは、アル・シャバブから逃げて来たんだ。避難所で……弟たちの食べ物を買うお金がなかったから、母さんがオレを売りに出したんだ。だから軍でもゲリラでもないよ。兵隊になったことはないんだ」

「アル・シャバブって、なに？」

「宗教的な過激派だよ」

「ゲリラとは違うの？」

「……わかんない」幼い子供のように首を傾げたその子は、ベッドの上で膝を抱えたまま片手を差し出した。いや、僕を制止するために手をかざしただけかもしれない。「とにかく、きみの敵じゃないよ。オレはヒース。武器なんて、触ったこともない」

僕は彼の手を握り返すために手を差し出す、途中で銃剣を握ったままだったことを思い出す。腰の後ろに銃剣を納めようとしたとき、戸口から警備兵が飛びかかってきた。

一瞬、けれど警備兵につけいる隙を与えるにはじゅうぶんな時間、僕は銃剣を構えることを躊躇った。血を恐れている様子のヒースに、これ以上死体を見せるのはかわいそうな気がしたのだ。

僕は素直に、床に押し倒されてやる。重たい大人の体がのしかかってきた。うつ伏せにされて、腕を捻り上げられて、銃剣を取り上げられる。砂だらけの床に頬が当たって不快だった。

もう闘わないのに、と僕は無能な警備兵を肩越しに睨む。政府軍の子供兵士は仕留めた。残っているのはアンヘルと、ただの子供であるヒースだけだ。それなのに警備兵は全体重で僕を制圧している。暴れるな、と警告まで寄越してくる。

「どうして」と女の人の声がした。首を捻って戸口を見れば、白衣を羽織った女性が両手を胸の前で握っていた。似ても似つかないのに、なぜか母を思い出す。思い出した端から、母の顔が赤く潰れていく。

——僕が、撃った、母の、最期の、顔だ。

いや、母を撃ったのはアイーシャだ。いや、違う。政府軍の兵士が遊び半分に、川で母を撃ったのだ。川で？　川で撃たれたのは二番目の兄のニオだ。腹からあふれた内臓の薄紫色を思い出せる。でもあれは、本当にニオのものだろうか。

僕が裂いた、誰かの腹かもしれない。

白衣の女がなにかを言い募っている。たぶん、僕が政府軍の子供兵士を殺したことを咎めているのだろう。言葉が聞き取れない。いくつもの声が頭の中で反響している。警備兵の脅し、母の歌、白衣の女の質問、ニオの笑い声、アイーシャの囁き。

ひどい頭痛がしていた。目眩がして、喉が渇く。

「マリファナ茶をちょうだい」

そう言ったつもりだったのに、誰も応えてくれない。声が出ていなかったのか呂律が回っていなかったのかはわからない。白衣のスタッフが駆け込んで来るのが見えた。

僕はカラシニコフを探す。G3だっていい。銃剣はどこだっけ？　腕が動かない。警備兵が僕にのしかかっているせいだ。これは、敵だ。コレを殺さないと。

そう思うのに、眠気に抗えない。こんなことは初めてだった。いつもマリファナやコカインをキメていたから夜だって目が冴えていた。

きっと白衣を着た連中のせいだ。僕はこいつらに殺される。

ありったけの罵倒を飛ばしたかったのに、もう呼吸すら億劫《おっくう》だった。

僕は気絶するように眠りに落ちる。意識が途切れる間際、掌が温かく湿ったものに包まれるのを感じた。

アンヘルの手だ、と直感したけれど、本当は母の、血に濡れた手だったのかもしれない。

目が覚めたとき、僕はまだ同じ部屋にいた。新しい、洗い流し切れていない血の臭いがしていたので、同じ部屋だとわかった。周囲は薄紫色に染まっていて、夜になったばかりか朝が近いかのどちらかだろう。

寝返りを打てば、隣のベッドにぼんやりと白い人影が横たわっていた。一瞬ぎょっとしたけれど、それが毛布を被ったアンヘルだとわかってほっとした。上半身を起して反対側のベッドを見れば、ヒースが眠っていた。

意外なことに、僕はなんの罰も受けていないらしい。気絶している間に殴られたりした様子もなければ、手足が斬り落とされているわけでもない。拘束具ひとつなかった。

その代りとでもいうように、ひどい頭痛がしていた。頭蓋骨の内側にシャベルを突き立てられているようだ。ひょっとしたら僕が仕留めた政府軍のふたりが、僕の頭の中に自分たちの墓穴を掘っているのかもしれない。

そんな想像を鼻で笑い飛ばして、ベッドから下りる。砂だらけの床を素足で踏んで部屋を横断する。一歩ごとに目が眩むほどの頭痛が襲ってくる。

廊下に顔を出してみたけれど、僕らがここに到着したときにいた白衣姿の大人たちは見当たらなかった。

ふわりと吹いた風に誘われて、部屋に引き返す。窓が開いていた。泥棒避けなのか僕らの脱走を防ぐためなのか、黒い鉄格子がはまっている。

だだっ広い広場の向こうに、壁があった。藍色の空を背負って、壁の上で有刺鉄線が蛇のように渦巻いているのが見えた。その足元にはバナナだのマンゴーの木だのが茂っている。

砂を踏む音が聞こえた。僕は素早く窓の下の壁に身を潜める。耳を澄ませる。分厚い靴底の音だ。警備兵だろうと見当を付ける。

息を潜めてタイミングを計る。束の間、僕は頭痛を忘れる。

ひときわ大きく靴音が聞こえた瞬間、勢いよく立ち上がって鉄格子の隙間から腕を突き出した。窓の向こうを通りかかった奴の肩口に手を伸ばす。狙いはカラシニコフだ。

でも、僕の手は空を握っただけだった。そも最初の予想が誤っていた。屋内にいる分、僕の方が警備兵より頭ふたつ分も上にいたのだ。

「眠れないのか?」驚いた様子もない、大人の男の囁きがした。「それとも今起きたのか?」

落ち着いた声音が無性に癪に障った。鉄格子の隙間に腕を押し込んで、男との距離もわからないまま闇雲に拳を振り回す。

「あれ? おまえ、夕方の子か」

僕は男を殴ることを諦めたふりで、腕を引っ込めた。鉄格子越しにようやく相手を見る。頭ふたつ分、見下ろす。

壮年の、ンゴール・ンドゥグを思わせるシワだらけの顔があった。けれど体つきはがっしりとしている。くたびれた迷彩柄の戦闘服と黒いTシャツに、背中にはピカピカのカラシニコフというちぐはぐな格好だった。

夕方の子、ということは、僕が政府軍の子供兵士を相手に暴れたときに居合わせた警備兵のどちらかだろう。舌打ちをした途端に、自分の舌打ちが頭に響いて瞼の裏に火花が散った。もう男を殴ることなんてどうでもよかった。早くこの頭痛から逃れたかった。

「ねえ」甘えた声を意識する。「マリファナ、持ってない?」

どんな怪我も病気も、マリファナさえあれば痛みを和らげられた。マリファナ茶と銃弾の火薬《トルエン》とコカイン。それが僕ら《子供兵士》の受けられる医療の全てなのだ。

それなのに男は短く息を吐いて「ない」と言い切った。

「じゃあ」僕は男の背のカラシニコフを指す。「弾をちょうだい。ひとつでいいんだ」

「やれるわけないだろう?」男は白い歯を覗かせて笑う。「おまえが兵士だってことは、いやってほど知ってる」

「撃つわけじゃないよ。銃は置いてきたんだ。撃てやしない。弾の火薬が欲しいんだよ」

「……噂じゃ聞いてたが、本当に火薬でラリるのか」

ラリる、という言葉の意味がわからなくて、でも火薬が手に入るならなんでもよくて、僕は考えなしに頷いた。ラリっていれば頭痛は治まる。また闘える。

男は少し考える素振りを見せてから、背負っていたカラシニコフを下ろした。銃口を手に持ち台尻を足の甲に乗せて、僕に奪われない距離に置いたのだろう。

男は窓にはまった鉄格子の前に掌を差しだした。分厚い掌は、大佐に似ていた。

なんのつもりかわからず首を傾げると、男は「仲良くしよう」と白々しく言う。

「……あんたと仲良くしたら、銃弾をくれる?」

「銃弾はやれないが、他のものをやってもいい」

「他のものって？」

「それは仲良くなってからのお楽しみだ」

僕は鉄格子の間から手を伸ばして、指先だけで男の手に触れた。すぐに手を引っ込める。握手とは到底呼べないものだったけれど、男はそれで満足したらしい。

「俺はアブドゥラ。俺を呼ぶときはンゴール・アブドゥラと呼ぶように」

「ンゴール？　やっぱりンゴール・ンドゥグと知り合いなの？」

「ンドゥグ？　誰だそれ。ンゴールは大人の男の名前に付ける敬称だよ」男は――アブドゥラはニッと悪戯っぽく笑った。「シエラレオネでは常識だ」

その言葉で、彼がシエラレオネ以外の国から来たことが知れた。おそらくンゴールという敬称はシエラレオネでの常識ではなく、ンゴール・ンドゥグの部族の習慣なのだ。その証拠に、部隊にいた他の大人の男たちはンゴールなどとは呼ばれていなかった。それなのにアブドゥラはさも、それがシエラレオネ全体の常識のように語る。

この男は信用できない、と内心で警戒しつつ、僕は「それで？」と掌を向けた。

「銃弾よりいいものってなに？」

「銃弾よりいいとは言ってないし」アブドゥラは僕の拳を警戒してか、一歩後退った。両手を淡く広げて、カラシニコフを肩にかけ直す。「今は持ってないんだ」

「僕を騙したの？」

「騙してないさ。明日、持ってきてやるよ」

僕は頭痛を振り払うために首を振りながら「ここは」と問う。

「シエラレオネなの？」

「学校だよ」

「学校？　僕は兵士だよ？」

「兵士だって読み書きと計算くらいはできるようにならないと」

「計算くらいできるよ。十人の部隊で出かけて、帰って来たのが八人なら死んだ奴はふたりだ」

ほら、と胸を張って見せたのに、アブドゥラは小さく息を漏らした。笑ったのかもしれない。

不意に、僕は背後の気配に気づく。素早く振り返る。

ベッドの上に人影があった。ヒースだ。

「起きたの？」と僕が問えば、彼は声もなく頷いてベッドから下りる。僕と同じく裸足のまま部屋を横切ると、窓にはまった鉄格子を両手で握った。眼差しが僕らを閉じ込める高い塀と薄明の空との境を彷徨っている。まだ寝惚けているのだ。

「ファジュルの時間だ……」

「ファジュル？」とオウム返しに問うた僕に答えてくれたのは、アブドゥラだった。

「日の出前に行う礼拝のことだ」アブドゥラが一歩、窓に近づいた。「まだ早い。ほら、アザーンも聞こえてないだろ？　もう少し眠るといい」

「そんなこと言って」ヒースは鉄格子の隙間から腕を伸ばし、アブドゥラを——背負われたカラシニコフを指した。「お祈りに遅れたら、それでオレを殺すんだろ？」

アブドゥラは大人のくせに、泣きそうな顔をした。カラシニコフを再び肩から下ろし、今度は地面に横たえた。

「殺さない」噛んで含めるような、ゆっくりとした抑揚でアブドゥラは言う。「もう誰も、きみたちを傷つけたりはしない。神さまは、おまえが祈れるときまで待っていてくださる。ここには赦しと慈しみだけがある。誰も、神さまを理由にきみを罰したり傷つけたりはしない。敵はいないんだ。きみたちが闘う必要なんてない」

あるよ、と僕は胸中で反論する。だってここには、僕の家族を殺した政府軍の子供兵士がいた。なら、僕が殺した誰かの家族もここにいる。そういう関係が、居場所を変えただけで清算されるとは思えない。思わない。

僕は家族を殺した連中を、ひとり残らず殺したい。

ヒースは顔や耳を忙しなく触ると、両手を肩の辺りに挙げた。まるで撃たないで、と懇願するような仕草だ。

ヒースの唇から長く滑らかな音が流れ出た。ビブラートの掛かった美しい声だ。彼の声は高く低く、不明瞭な歌詞を紡ぎながら夜明け前の静けさの中でどこまでも広がっていく。

その音に、聞き覚えがあった。

「……神さまの言葉だ」

いつだったか、墓守の小屋でカセットデッキが歌っていた。もう死んでしまった仲間が歌って聞かせてくれたこともある。

「アザーンだ」アブドゥラが、ヒースの歌を邪魔しない声量で囁く。「礼拝の時間を報せる、特別な男にしか任されない仕事だよ」

アブドゥラはそう言うと、ヒースに唱和した。くたびれた戦闘服に不似合いな、張りのある声だった。ヒースの月夜を渡る風に似た声と、アブドゥラのダイヤモンドを隠す濁流めいた声とが絡み合い、僕を包み込んでいく。

神さまの言葉に、音の奔流に意識を任せる。少しだけ、頭痛が和らいだような気がした。


「学校」に入れられたものの、僕らはなにも学ばなかった。

ずっとひどい頭痛に苛まれていたせいだ。ときどき意識が飛ぶくらいの頭痛や吐き気が襲ってくる。指先すら動かせないほどの倦怠感に苛まれた。食事を報せるベルの音で頭が割れそうになる。たまに体調が良い時間があっても、そのときはそのときで無性に腹が立っていた。なにに、というわけじゃない。ただ衝動的になにかを壊したくなるのだ。目についたのが壁なら壁を殴ったし、子供兵士なら――相手が政府軍かどうかも確かめずに――殴りつけて、殴り返されて、盛大な喧嘩になった。

きっと僕以外の子供兵士たちも同じだったのだろう。アブドゥラは闘わなくてもいいと言っていたけれど、「学校」に入ってからの僕らは体調不良で伏せっているか暴力を振るっているかのどちらかだった。


アブドゥラが「いいもの」を持ってきたのは、約束した黎明から四日も経ってからだった。ちょうど夕食を終えて部屋に戻ってきたところで、僕はベッドにだらしなく座って頭の中に居座る鈍痛に耐えながら、夕の礼拝《マグリブ》を始めたヒースのゆったりとした動きとボソボソと呟かれる祈りの言葉とを眺めていた。アンヘルも僕のベッドの縁に腰をかけて、ヒースが両膝をついて座り額を床に当てたかと思うと立ち上がるさまを見守っていた。

「よう」とアブドゥラの声が聞こえたので、僕とアンヘルは窓辺に近づく。鉄格子越しに、よれた迷彩柄の戦闘服にピカピカのカラシニコフを背負ったアブドゥラがいた。僕らより頭ふたつ分も低いところから「約束してただろ？」と茂った枝を揺らして見せる。

「銃弾よりずっといいものだ」

どこからどう見てもただの葉っぱだった。それも僕らが日頃食べているキャッサバの葉のような柔らかいものじゃない。その辺りの木から枝ごと切り取ってビニル紐で束ねただけの、見ただけで硬いと知れる家畜の餌めいた葉だ。

僕とアンヘルは顔を見合わせて、お互いに眉を上げておどけた表情を作る。そんな僕らとは対照的にアブドゥラは得意顔だ。

「カットだよ。わざわざケニアから取り寄せてるんだぞ？　ケニアって知ってるか？　国の名前だよ。ソマリアの隣にあるんだ。ソマリアはわかるか？」

「わかるよ」僕は頭痛とアブドゥラの軽薄な態度とに舌打ちをする。「テクニカルの国だ。カラシニコフだって、リビアからソマリアを経由して僕らのものになるんだ」

そうアイーシャが教えてくれた、とは言わず、僕は「それで？」とアブドゥラを睨む。

「銃弾の火薬より効くいいものが、それ？　山羊にでも喰わせなよ」

「いやいや、これが効くんだ」

アブドゥラは葉を摘んでは、躊躇なく何枚も口に放り込む。枝に残った葉がカサカサと音を立て、アブドゥラの口からはパリパリと尖った音が聞こえてくる。

ギョッとしたのは、僕だけだった。アンヘルは興味津々といった表情で鉄格子に顔を近づけ、匂いを確かめるように鼻を鳴らしている。

「ねえ」と、背後からヒースの弾んだ声がした。礼拝を終えたらしい。

「それ、カットでしょ？　オレ、食べたことないんだ。オレも、いい？」

アブドゥラは嬉しそうに破顔すると、束ねられた枝葉の上の方から十枚ほどの葉をちぎって鉄格子の間から差し入れた。

ヒースは一枚ずつ口に押し込むとゆっくりと咀嚼する。しばらくするとジュクジュクと、歯磨きの木でも噛んでいるような湿気た音がし始めた。

アンヘルも一枚だけ恐るおそる口に入れ、けれど噛む勇気が出ないのか、唇を斜めにして動きを止めてしまっている。

「こうして」アブドゥラは自らの口に十何枚目かの葉を詰め込む。「何枚も噛んでるうちに甘くなってくるんだ。そうしたら、効く」

「効くって」僕は半信半疑だ。「なにに？」

「頭がすっきりするんだ」

頭痛が治まるならなんでもよかった。僕は鉄格子から手を伸ばして、アブドゥラの持つ枝葉から数枚をむしる。そのまま口に入れようとしたのに、「待てまて」とアブドゥラの苦笑に邪魔された。

彼は枝の上の方から数枚をむしると、僕に差し出す。

「若い葉の方が柔らかくて、よく効くんだ」

横目にアンヘルを窺うと、眉間にしわを寄せてまだ硬直している。ヒースはどうだろう、と見れば、なにやらわかったような顔で小刻みに頷いていた。

「オレたちの宗教では」ヒースは不明瞭な発音で言う。「酒や煙草、音楽とか映画は人を堕落させるから禁止されているんだけど」

「きみの歌った神さまの言葉は？　あれも歌だろ？」

「あれは神さまの言葉そのものだから、歌じゃないんだよ。ただ神さまのおっしゃる通りに唱えているだけ。神さまはああいう抑揚で話されるんだ」

「大丈夫だ」とアブドゥラが気楽な調子で笑う。「ここは安全だ。誰もおまえたちを見張っていない。ほら、もっとカットを食え。神さまも酒だの煙草だのは禁止してるが、カットは認めていらっしゃる」アブドゥラは声を潜めて、秘密を打ち明けるように鉄格子に顔を寄せた。「カットはな、女子供はやらないんだ。大人の男の嗜《たしな》みだよ」

僕には信じる神さまも恐れる神さまもない。ここにいる白衣の大人たちもピカピカのカラシニコフを持った警備兵だって怖くない。ゲリラにいたころは、大佐の気まぐれな暴力だけが怖かった。今はその大佐もいない。そも大佐は葉っぱなんか食べていなかった。

大人の男の嗜みだと言われても、ここには手本にする大人の男が見当たらないのだ。

僕は少しでも頭痛を治したくて、アブドゥラの差し出す若い葉を受け取る。若葉も古い葉も大差のない硬い手触りだった。口に入れると案の定、あちこちに葉が刺さって痛い。唾液をよく含ませてからゆっくりと噛みしめる。青臭さが鼻に抜けた。渋みが舌に広がっていく。

銃弾の火薬は甘かった。マリファナ茶も、炊事係の女の子たちが砂糖をたっぷり入れてくれていたおかげで甘かった。

でもカットの葉はいつまで経っても苦いままだ。解けた繊維が歯の間に挟まるばかりで、頭痛が治まる気配もない。眼ばかりが妙に乾いて瞬きが増えたくらいだ。

騙された気分になって、アブドゥラの喉を銃剣で裂いてやろうと考えたけれど、肝心の銃剣は取り上げられてそれきりになっていた。

僕は部屋の隅にカットの葉を吐き捨てる。苦みに鈍った舌で、ヒースが明け方に歌っていた神さまの言葉の旋律を歌う。何度聞いたって歌詞らしき言葉は一音だって聞き取れない難曲だ。

窓辺で口をくちゃくちゃさせていたヒースが、はっと口を半開きにしたまま硬直した。敵の気配を察したように素早く周囲を見回す。

しまった、と僕は口を噤む。ヒースはまだお祈りの時間に遅れることや、それを理由に彼を虐げてきたゲリラたちに怯えているのだ。

僕が患っているのが頭痛や倦怠感なら、ヒースは「神さま」を患っているように見えた。

僕はアブドゥラに「ねえ」と問う。

「神さまって、なに？」

「概念だよ」アンヘルの、妙に冷淡な声が即答した。

「弱い人間が」アブドゥラの重厚な語調が答える。「正しく生きていけるように導いてくださる、正しい存在だよ」

「え？」とヒースは虚を衝かれたように目を瞬かせる。「がいねん？」

「いつだって」アンヘルはカットの葉を床に吐き捨てると、穏やかに笑った。「神さまが見守ってくれているって信じることだよ。そういう信仰を作り出してくれた先人たちに感謝するんだ。その気持ちこそが、神さまなんだ」

「神さまは」ヒースは周囲を見回し、声を潜めた。まるで自分の発言を誰かに聞かれていないか確かめているようだ。「ただ見守ってくれているだけなの？　神さまを信じて、神さまの教えに従っていれば死んだあとに天国に……」

「天国？」ふふ、とアンヘルは吐息で笑った。「天国ってどこにあるの？　空の上？　雲の中？　それとも地面の下？　墓穴が天国につながってるの？　きみ、鳥を捕まえたこと、ある？　鳥より重たい人間の体で、たとえ死んだからって、いったいドコに行けると思ってるの？」

「待てまて」と割り込むアブドゥラの声すら、ふたりには届いていないようだ。「その教えは誰から吹き込まれたんだ。いいか？　神さまの言葉は、弱い人間が堕落しないための道標だ。神さまの教えに従っていれば、魂は天国で救われる。肉体の重さなんて関係ない」

「体が地面に埋まってても」ヒースは葉を嚙みしめながら、酔った呂律で言い募る。「魂は天国に行けるんだろ？　天国には苦しみがなくて、楽しいことしかないって、確かにみんな、そう言ってた。だから、そこに行くために今は我慢しなきゃいけない。その我慢こそが正しい行いなんだ。神さまはオレたちの魂を救うために、教えを授けてくださったんだって、みんな信じて……」

「神さまっていうのはね」アンヘルは自分の喉に――家具としてつながれていたころの鎖の幻を拭うように、両手で触れつつ言葉を続ける。「嫌なことや辛いことばかりが身に降りかかっても、それはボクがなにかを間違えたせいじゃない。神さまが勝手に与えて寄越した試練なんだと思えば諦められる。神さまは、試練に耐える人間を面白おかしく見下ろして、見守っている。そう思い込めば生き延びられる。先人の知恵なんだよ」

不意にニオの顔が浮かんだ。政府軍に遊び半分に殺されてしまった二番目の兄の顔が、けれど瞬きの間に母の顔にすり替わる。

真っ赤に顔が潰れた、母だ。政府軍が――いや、アイーシャが――。

頭痛がどんどん深くなっていく。まるで神さまについて考えることを拒んでいるようだ。

どっ、と体の芯に重たい衝撃が走る。呼吸すら止まるカラシニコフの反動だ。そんなはずがない。心臓が大きく打っただけだ。

僕は空っぽの両手を見る。壁際に立つ母の、幻を、見る。

アイーシャの楽しそうな声が、すぐ耳元で聞こえた。幼い彼女の手が、幼い僕の腕を支える感触が蘇る。指先が、カラシニコフの引き金とアイーシャの指とで挟まれる痛みを、思い出す。

――僕が、母を、撃ったのだ。

「この苦痛を乗り越えれば」アンヘルの歌うような抑揚が続いている。「もう少し好い将来がある。今、堪えれば、将来は怯えることなく生きていられるかもしれない。そういう可能性を、神さまって呼ぶんだよ」

アンヘルはぼんやりと天井を仰いだ。まるでそこに神さまが浮かんでいるようだ。ヒースと僕、アブドゥラさえもつられて視線を上げる。神さまの気配を探す。なにもない。カビっぽい黒ずみが僕らを見下ろしている。

「辛いときに独りじゃない、たとえ相手が神さまって概念だったとしても、誰かが見守ってくれているって思えるのは、それだけでもう救いなんだよ」

僕はアンヘルの横顔へ視線を下ろす。僕やアイーシャ、ヨアンやヒースとも違う白い顔だ。薄茶色い瞳も薄っぺらい唇も、蒼天にたなびく雲みたいに危うく不確かに思える。

壁際の母は、もう消えている。アイーシャの熱もない。少し、寒かった。

ひょう、とアブドゥラの呼吸音がした。口を半開きにして、そこから出すはずの言葉を見失って忙しなく視線を彷徨わせている。ややあって、彼は重たく息を吐いた。

「おまえたちが神さまを信じられなくなったとしても、それはおまえたちのせいじゃないさ。おまえたちは悪くない。ここで、ゆっくりと神さまの教えを取り戻せば良いんだ」

僕は、アブドゥラの言葉の意味なんかどうでもよかった。神さまってもののぼやけた輪郭が不気味だった。

だって形のないものは、撃てない。母の仇として、殺せない。母の死を、ニオの死を、これまで僕が生み出したあらゆる死を、神さまのせいにすることができない。

僕は喘ぐように、喉の奥底から音を押し出す。穏やかな歌い出しから高音域へと駆け上がる。

「大丈夫《It's Okay》」と自分に言い聞かせる。この歌のお陰で、僕は家族を得た。母やニオではない、新しい家族だ。

だからアイーシャやヨアンと引き離された今回だって、この歌が家族を連れてきてくれる。ヒースの神さまなんかよりずっと、実績のある僕の神さまだ。

僕の声に、アンヘルが絡んでくる。お互いに好き勝手に主旋律を外れて、それでも音程だけは見事に調和する。アンヘルがどう歌うのか、どんな音を発するのか、手に取るようにわかった。たぶんアンヘルも、そうだ。

間奏のタイミングで、ふっとアンヘルが唇を緩めた。覗いた彼の歯は、磨き抜かれた高価なダイヤモンドみたいだ。

僕もアンヘルも濁ったダイヤモンドで一緒くたに買い取られたのに、彼だけが神さまって概念に守られているような錯覚を抱く。アンヘルとは天使という意味だ、と今さら、心から理解する。

「天使ってさ」僕はアンヘルの、再び歌い出す唇の赤さを見る。「神さまの手下なんだろ？　でもきみは、神さまは概念だって言う。ならきみは、誰の天使なの？」

アンヘルは答えない。僕の言葉が聞こえていなかったのかもしれない。彼の声は高らかに響き渡る。落ち着いたテンポから軽快な曲調へと変わっていく。

編曲だらけでもはやアンヘルだけの曲となった歌を終え、彼はニッと唇を吊り上げた。

「クリスティーナ・アギレラだよ」

僕はほとんど無自覚に「マライア・キャリーだよ」と答える。

9

ひどい頭痛に苛まれていた僕は気づいていなかったけれど、僕らと同じワンボックスカーで連れて来られた子のほとんどが、僕と同じように体調不良や理由のない憤りと暴力衝動とに苦しんでいたらしい。

思えばアンヘルやヒースは用事のないときは部屋にいた。部屋から出れば苛立ちながら建物の中を徘徊している子供兵士たちに追いかけられるからだと、あとになってふたりが教えてくれた。武器を取り上げられているはずなのに、彼らはへし折った椅子の脚だのどこかから盗んできた工具だのを躊躇なく振り下ろしてくるのだという。

僕にも心当たりがあった。僕自身が苛立ちに任せて、目についた子供兵士にしてきたことだ。でも大人のスタッフは誰も僕らを責めなかった。大人たちはいつだって「きみたちのせいじゃない」と言うのだ。

じゃあ誰のせいにすればいいのか、誰を恨んで誰を責めればいいのか、大人は教えてくれない。「きみのせいじゃない」と僕の暴力を赦すばかりだ。「学校」のくせに、と僕はさらに苛立つ。感情に任せて大人たちを殴り、蹴り、誰かが渡してくれた工具を振り下ろす。

たぶん僕は、大人に殴り返してほしかったのだ。僕を打ちのめして、僕の行いを責めて、僕が誰に対して憤るべきなのかを示してほしかった。そうすれば僕はまだ子供で、兵士で、大人の指示に従って闘える存在だと証明できる。

でも大人たちは誰も、カラシニコフを背負ったアブドゥラでさえ、僕たちに反撃してくれなかった。

「そりゃ」とアブドゥラは、窓の鉄格子越しに呆れた口調で言う。「禁断症状なんだから仕方ないだろ。一種の病気だよ。自分ではどうしようもないんだ。病気は治すものであって、暴力で抑えつけるものじゃないだろ？」

彼は何年も、ここで子供兵士たちの警護をしているのだという。何人もの子供兵士が、闘うために長年摂取してきた薬物から抜け出すのに苦労する姿を見てきたらしい。アブドゥラのような警備兵は外部から子供たちを誘拐しに来るゲリラや備品を盗みに入る強盗を撃退するためだけでなく、子供兵士たちが無意味に殺し合ったりスタッフを殺したりしないために配置されているのだと教えてくれた。

「まあ、俺は役立たずだったがな。止めてやれなくて、悪かった」

アブドゥラは悔しそうにも哀れんでいるようにもとれる表情で僕を見た。僕が「学校」に来たその夜に同室者を殺したことを指しているのだろう。本来であれば、ああいったトラブルを防ぐことが彼の役目だったのだ。

けれど、あれは僕が兵士として優秀だったのだと気づくきっかけとなった出来事だ。僕にとっては誇りこそすれ、詫びられることじゃない。そう伝えようか一秒だけ悩んで、結局僕は黙っていた。

二月もすれば僕の頭痛も衝動的な暴力も治まってきた。同じ時期に「学校」に連れてこられた子たちも不調を訴えることは少なくなり、必然的に無意味な争いも減っていった。

僕らはようやく「生徒」らしい生活を送り始めた。

とはいっても授業や勉強を始めたわけじゃない。そんなものを「一般人」から教わるなんてまっぴらだった。逆に僕らが、彼らに銃やナイフの使い方を教えてやるべきだと思っている。

「学校生活」は、規則正しい生活に終始した。朝はパンとスープと果物、昼には練った粥《レウェー》と紅茶、夜はちょっとした肉や魚とプランテイン《バナナ》の炒め物、蒸かしたキャッサバなんかが出た。日が暮れればベッドに入る。窓の鉄格子越しに訪れるアブドゥラと夜更かしをしたりもするけれど、夜通し見張りについたり他の村を襲いに出かけたりはしない。この生活には銃剣はおろか、カラシニコフもG３も存在しない。

僕らは、いや、僕は、その生活が怖かった。他の村を襲撃しなくとも食料は尽きない。炊事係の女性や子供たちがいなくとも、時間になれば食事が出てくる。炊事係の子供の手際が悪いせいで、僕らが殴られることもない。大人たちの洗濯物を川へ運ぶことも、仲間の死体を片付ける必要もない。大人の顔色を窺わずとも殴られない。殺されたりもしない。大人に暴力を振るっても咎められない。

――赦される。

それがなによりも、怖かった。

だから効きもしないカットの葉を求めた。アブドゥラはいつも窓の鉄格子の向こうにいて、決して建物の中で会うことはなかった。夜、日が落ちてから、彼はカットの葉が茂った枝を担いで窓の外に現れる。二回目からはぬるいコカ・コーラも持ってきた。

僕らはカットの葉を頬いっぱいに詰め込んでくちゃくちゃやりながら、マライア・キャリーを――アンヘルは頑なにクリスティーナ・アギレラだと主張していた――高らかに歌って夜を過ごす。

いつの間にかヒースも陽気なポップスを歌えるようになっていた。神さまの言葉しか歌ったことがないと言っていたわりに、伸びやかでどこまでも音域が広がっていく声だ。

僕らの歌声につられて他の部屋の子たちも集まってくるようになった。たいてい、初めてアンヘルに会う子は驚いた表情をして、すぐに警戒心を剝き出しにした。

「なんで白人がこんなところにいるんだ!」と怒鳴って、アンヘルの細い首を摑もうとする。たぶん所属していたゲリラの隊長や政府軍の上官なんかに、白人がいかに黒人を虐げてきたのか、という歴史を語られていたのだろう。

そういうとき、僕はすぐにアンヘルを背後に庇う。必要があれば相手を何発か殴って黙らせたりもする。だってアンヘルは、僕に残された最後の家族なのだ。相手が殴り返してきても、怯まず立ち向かった。

三回に二回くらいは、殴り合いが過熱する前に相手が「あれ？」と正気に返る。どうやら僕は、入学したその夜に同室者を殺した凶悪な兵士だと噂されているらしい。そんな僕が庇うアンヘルを、わざわざ傷つけようとする奴は少なかった。

でもときどき、なにがなんでもアンヘルを殺そうと摑みかかってくる奴がいた。そういう奴との間には、ヒースが柔らかい声で「ダメだよ」と割って入る。

「その白人《ムズング》はオレたちの大事な友達なんだ」

ヒースはそう言って、覚えたてのポップスを口遊む。すぐにアンヘルがアレンジを加えて唱和する。いつも、アップテンポの明るい曲が選ばれた。

最初こそ不満そうな顔をしていた子も、歌の前では無邪気だった。体が勝手にリズムに乗り出す。リズムをとっているだけだった子がステップを踏み、繰り返されるフレーズを覚え、いつの間にか大合唱になっている。歌詞なんかあってないようなものだ。

ただ声を合わせて同じ音を辿る。そうなれば僕らはもう、仲間だった。

いつだったか部屋に十人以上の子が集まった夜があった。

当然アブドゥラが持ってきたカットの葉なんか行き渡らなかったけれど、彼は嬉しそうに笑ってどこからか――たぶん「学校」の事務室だろう――冷えたコカ・コーラの瓶をたくさん持ってきてくれた。

「カットの葉はみんなでやるもんなんだ。宴会だよ」

そういう日がずっと続くと思っていたんだ。


その日だって、変わったことはなにもなかった。

白衣を着たスタッフに「健康診断があるから」と夕食を抜かれかけた程度だ。当然僕らは反発した。厨房を襲って食べられるものを探したけれど、生憎《あいにく》と乾燥《ガ》キャッサバの粒《リ》くらいしか発見できなかった。ひょっとしたら僕らの襲撃を予想した厨房スタッフが事前に食材を隠してしまったのかもしれない。

とにかく僕らはガリのビニル袋に手を突っ込んで、みんなで回し食べをした。本来ならば山羊ミルクなんかで練って甘く味をつけた粥状《ファリーナ》にして食べるものだから、味気がないにもほどがある。途中でアンヘルが蜂蜜の瓶を見つけてきたので、食堂は一気に盛り上がった。ガリに蜂蜜をかけて食べるだけじゃない、お茶にもたっぷり入れて丸ひと瓶を空にしてやった。

思えば、それが間違いだったんだ。

僕らは蜂蜜の甘さに酔いながら部屋に戻った。戻ったはずだ。正直に言えば、戻ろうとしたところで記憶が途切れていた。

次に僕が目覚めたのは、硬いベッドの上だった。いつもの部屋じゃない。妙に白々しい天井とがさついたシーツとが僕を不安にさせる。

どんな村を襲ったんだっけ？　と考えてから、すぐに勘違いに気がついた。硝煙を酸っぱくしたような臭いが鼻を突く。ベッドの傍らには銀の棒が立っていて、透明な液体が入ったパックをぶら下げている。そこから伸びた管が、僕の腕に突き刺さっていた。

え？　と間抜けな声が漏れた。いや、漏れなかった。口の中が乾燥している。喉が痛かった。水を求めて顔を巡らせると、隣のベッドが目に入る。

アンヘルが、上体を起こして枕に凭《もた》れていた。黄ばんだ半袖シャツを着ているせいで、彼の肌がいつもより青白く、空に解けていく雲みたいに危うい色彩に滲んでいた。

僕も、同じシャツだった。着替えた記憶はない。ここがどこなのかもわからない。いつもの、アブドゥラがふらりと窓の外に訪ねてくるあの部屋じゃないことだけは確かだ。

両肘を使って、透明な管が腕の変なところに刺さらないように注意しながら、上体を起こす。腰から下の感覚が鈍くて、枕にしがみつくような姿勢になった。

「随分とお寝坊だね」

アンヘルが、穏やかに微笑んでいる。疲れ果てて表情を作ることすら億劫になってしまったようにも見える、弱い笑みだ。

首を捻って反対側を見たけれど、ヒースのベッドがあるべき場所は壁だった。足元のほうに、僕のベッドの隣に突っ立っているものと同じ金属の棒が見える。どうやらここには四台のベッドが詰まっているらしい。

「……ここ、どこ?」

「病院だよ」

なるほど、と僕は鼻を鳴らして部屋に漂う刺激臭を嗅ぐ。故郷の村では病院に縁があるのは赤ん坊と妊婦、大怪我をした人くらいのもので僕は足を踏み入れたことがない。ゲリラにいたころは、治療を受けることすら稀だった。銃弾があたっても、たいていコカインを大量に摂取している間に、手先の器用な誰かが体の穴を縫ってくれる程度だ。病院の臭いなんて初めてだ。

「怪我したの?」

「怪我? ボクときみが? 一緒に?」アンヘルは声もなく唇だけで笑った。「まあ、うん、そうかもね。怪我といえば怪我かもしれないね」

僕はおぼろな記憶を辿る。昨夜、そういえばスタッフがなにかを言っていた。だから夕食がガリとお茶という粗末なものになったのだ。

「……健康、診断だっけ?」

アンヘルは「ふふ」と吐息で笑った。

刹那、なぜか踊る悪魔を思い出す。ふわふわとした無数の糸に覆われた、政府軍の手先だ。アンヘルの笑みを不吉なものだと感ずる。

「きみ……」

なにか隠しているの? と問う前に、「ボクらはね」とアンヘルが喉の奥で笑いを転がした。

「天使になるんだ」

きみ自身のこと？　と皮肉な笑いを返したかった。アンヘルとは天使を示す名だ。けれど、冷たく痺れた下半身が、彼の冗談めいた宣言に妙な質量を与えている。

「歌う天使だよ」

「きみは……歌う家具だったんだろう？」

アンヘルは「うん」と頷いて、自分の首を両手で包んだ。あの薄暗い部屋で、家具であった彼は鎖につながれていた。今はなにもない。それなのに彼はまだ、そこを自分の手で縛めるのだ。

「ボクはね、ずっと父さんに言われ続けていたんだ。おまえは特別なんだって、天使なんだって。ボクは天使の歌声を持っているんだ」

不意に、違和感の正体に気づく。目覚めてからずっと、腰から下が痺れていた。銃弾でも受けたのかと思うほどに、冷たくて重たい。

恐るおそる掛け布団を剝ぐ。脚は、あった。ハーフパンツの裾から膝が覗いている。いつもは砂だらけで白んでいるひざが、今日はいやにきれいだ。

裾から、管が生えていた。管の先はベッドの向こうへ消えている。管のもう一方の先が僕の足の間から、体の中に入っているのを感じた。身動ぐたびに管が内臓を振動させる。皮膚の感覚がない。雨の夜に野宿を強いられたときのようだ。

股間に手を伸ばした。ごわついたガーゼが触れる。そのすぐ下に、骨がある。あるべき性器の柔らかさが、ない。

「天使は」

アンヘルの囁きが、甲高く鼓膜に刺さる。

「両性具有なんだ」

ウエストのゴムが弛んだパンツを引き下げる。

「男でもあり女でもあり、男でもなく女でもない。そうでなければ天使の声は出せない。ボクはずっと、父さんにそう教えられてきたんだ」

下腹部に分厚いガーゼが張り付いている。ガーゼの隙間から尿を出すための管が生えている。その管は性器ではなく直接体に刺さっているのだ。

男でもなく女でもない。

アンヘルの言葉を口の中で繰り返す。頭が真っ白になる。アイーシャの熱く柔らかな肉体を思い出す。

——女性器を切り取られた女の子こそが、生命力にあふれる完璧な女なんだって信じている男は多いんだよ。

アイーシャの仄暗い眼差しと声音が、すぐ傍にある。

隣を見る。当たり前に壁しかない。それなのにヨアンの、カラシニコフの反動にも揺るがない屈強な体格を思い出す。

――妻にするなら割礼を受けた女の子のほうがいいよな。

そう言ったのは、ヨアンとは別の男の子だったはずだ。

――天使は、両性具有なんだ。

僕はアンヘルの、ともすれば女の子とも見紛う華奢な肩を見る。きっとカラシニコフの反動には耐えられない。自分の喉を摑む手は、銃剣の鋭さを知らない。僕と競う唇に、村を襲撃するときの雄叫びは似合わない。

「きみは……」

僕は感覚のない両脚をベッドから下ろす。パンツの裾を引っ張って管が抜けていく。とろとろと生温かい液体が股間から脚から、ベッドや床までを薄桃色に濡らしている。それが尿なのか血なのか判然としない。点滴パックを吊るした銀の棒を握って杖にする。アンヘルのベッドとの、たった一歩がひどく遠かった。

重たい素足が銀の棒を蹴飛ばした。顔面からアンヘルのベッドへと突っ込む。それでもよかった。僕は両腕の力だけで、ベッドに乗り上げる。刺さっていた点滴の針が肌を傷つけたのか、小さな血の筋が僕とアンヘルのシーツとをつなぐ。

アンヘルの、金色の瞳があった。茶色かもしれない。ひどい目眩が僕から思考を奪っていく。

背後が騒がしくなった。騒動に気づいたスタッフが入ってきたのだろう。

僕はアンヘルの肩に縋る。黄ばんだシャツ越しにも、握りつぶしてしまえそうな頼りなさが伝わってきた。

「知ってたのか？　僕がこうなるって、知ってて……」

知っていて「学校」での生活に甘んじていたのか、と続ける声が、鈍る。昨夜の夕食を思い出す。味気ないガリだけの夕食に蜂蜜を添えたのは、アンヘルだ。僕らはガリにもお茶にもたっぷりと蜂蜜を入れた。その挙句、部屋に戻ったのかどうかも定かでないほどの眠気に襲われて、このざまだ。

「……きみ、僕らの食事に、なにか、入れた？」

「ボクは」白い頬をうっとりとした微笑みが覆っている。「天使なんだ」

「そんなことっ！」

知ったことか、きみだけがそうなればよかったのに、どうして僕を巻き込んだ！　と感情に任せて怒鳴り散らしたかった。僕の問いに彼は答えなかった。それが、彼の自白だ。けれど、声が喉に閊《つか》える。

掌の中で、アンヘルの肩が震えていた。唇も戦慄《わなな》いている。喉を包む手の甲には骨が浮き出ていた。まるで自分自身を縊り殺そうとしているようだ。

彼も、こうなるとは知らなかったのだ。いや、予期していたとしても受け入れるしかなかった。僕たち子供は、いつだって大人の所有物だから。

「……どうして、笑えるの？」

え？　とアンヘルは驚いたように瞬いた。微笑んでいる自覚がなかったのかもしれない。アンヘルは少し考えるように顔を斜めにすると、今度は意図的だと知れる笑みに目を眇めた。

「知らないの？　天使の歌声を持つ子は特別珍しいんだ。誰も天使を殺したりはしない。天使は神さまの御使いだから、人間には傷つけられない。天使になれば、大人になれる。大人の歌手になれたなら、ボクらはひとりで生きていける。自分の声で稼いで、好きな場所で、好きなように生きていける」

――大人に生き死にを左右されることなく、生きていける。

アンヘルの頬が紅潮していた。瞳には妙に脂っぽい生気が宿っている。

僕はアンヘルの白い喉に触れる。そこを縛める彼自身の手をそっと剝がす。長年鎖が巻かれていたせいで、かさぶたが分厚く重なった首筋を、僕の掌で包む。そのまま握りつぶしてしまえそうだった。握りつぶしてしまいたい衝動がぞわりと僕を震わせる。

そんな僕の胸中を知ってか否か、アンヘルは仔猫のように僕の手に体重を預けてきた。これが彼の処世術なのだ。僕が大佐の顔色を窺い、従順に役割をこなし、カラシニコフで村を襲ってきたのとなにも変わらない。

誰かが僕を羽交い絞めにした。ベッドから強引に引きずり降ろされる。痺れたままの脚に力を入れ損ねて、踵を床にぶつけた。痛みは感じない。振動だけが骨を駆け上がる。

アンヘルに触れていた自分の掌に目を落とす。彼の熱の残滓を、握りしめる。

きっと僕らは同じ生き物だ。生き延びるために、相手に望まれる自分を演じてきた。だから天使にだってなれる。男でも女でも人間でもない、天使になるのだ。

10

性器を失った僕らは二週間ほどで「学校」へと戻された。戻された、といっても以前の部屋には戻れなかった。同じ敷地のさらに奥、僕らが前にいた建物とは茂ったマンゴーの木々と金属製のフェンスとで遮られた区画が、新たな家だった。

「ここは」と僕らを病院から運んできたワンボックスカーの運転手が言った。「音楽科専用の建物だよ。おまえたちの歌が認められれば『卒業』できる。安全で裕福な外国で暮らす誰かが、おまえたちを高値で買ってくれるんだ。綺麗な服を着て美味しいものを腹一杯に食べられる国に行けるんだ」

いいなぁ、と本気で羨んでいるように呟いた運転手は、僕らをフェンスの中に残して踵を返した。ワンボックスカーが木々の向こうへ消えていく。

僕は大佐を思い出す。僕とアンヘルを買い取った白人女の、夕日に照らされた朱色の頬が脳裏を過る。

僕らの値段は自動小銃と弾薬と、ダイヤモンドだった。濁った石ころで、僕とアンヘルは「学校」に売り払われ、天使となった。

それなのに運転手は、高値で売買されることがさも幸せなことであるかのごとく語る。この国の外には子供兵士が存在しない世界が広がっていると信じているのかもしれない。

でも、残念だけど、隣の国《リベリア》から来た僕には断言できる。どこだって、それほど変わらない。

僕はカラシニコフや銃剣だけでなく、性器をも失った。生活する建物が移ったためか、アブドゥラが窓越しに――相変わらず窓には鉄格子がはまっている――訪ねてくることもない。

僕はアンヘルとのふたり部屋を得て、ヒースは別の子とふたり部屋になった。といっても夜になるとヒースは僕らの部屋に来た。

でももう、一緒に歌ったりはしない。大人のスタッフが駆けつけてくるせいだ。

僕らが歌うと、たとえそれが囁きめいた声量だったとしても「やめなさい！」と部屋に入ってくる。アップテンポの曲も制止される。

「あなたたちの喉は、そんな下品な曲を歌うためにあるわけじゃないの！」「そんな歌い方をしては、美しい声が出せなくなります」「それは正しい英語の発音ではありません」

僕とアンヘルは肩を竦めて適当に聞き流していたけれど、ヒースはスタッフのヒステリックな怒声に縮み上がっていた。

なによりもスタッフたちはヒースに、神さまの言葉を一音だって許さなかったのだ。

「あなたの神さまは、あなたを救わないのです」スタッフは穏やかな語調で、断言する。「あなたは誤った教義を教えられてきたけれど、もう大丈夫。この『学校』で正しい歌を覚えて、世界に羽ばたくのですよ」

「あなたたちは不幸にも誤った愛されかたをしてしまったけれど」さも哀れんでいる口調で、別のスタッフが言う。「ここではみんな、正しく愛されるのだから、大丈夫。私たちが、あなたたちを愛してあげる」

まるで過去の僕らが誰かに愛されていたこと自体が大きな過ちであったような言い草だった。

腹が立ったのである夜、駆けつけてきたスタッフが口を開く前に殴りつけてやった。僕らがここまで生き延びるために縋ってきた歌を、信仰を、家族を、否定する口と喉を入念に殴りつけた。スタッフの歯が僕の拳に刺さって血が噴き出した。

そんな僕を咎めたのは、意外にもヒースだった。アンヘルに敵意を向けた仲間を諭したのと同じ口調で「ダメだよ」と優しく言う。

「彼らはただ自分が信じる教義を言葉にしているだけなんだから。それを暴力で潰すのは、ダメなんだ。ちゃんと話し合わなきゃ」

ヒースの主張はとてもマトモで、正当だった。でも、じゃあ暴力の代りにヒステリックな叫びと説教とで僕らの主張《歌》を否定するスタッフが正当なのかといえば、それも違う気がした。気がしたものの、それを言葉で伝える術がわからない。

なにしろ僕にとっての大人は、従順に従うか、殺すか、の二者択一でしかなかった。

僕は拳を下ろして、考える。ひたすら、どう伝えれば僕らの歌は僕らが生き残るために必要なものだったし、これからだって必要なのだと納得してもらえるだろう、と考えた。

考えて考えて、考えすぎて言葉が出てこないまま「学校」の授業へ連れ出される日々が始まってしまった。

ひたすら音楽と言語を学ぶ生活が待っていた。これまでラジヲから聞こえてくる音楽を真似るだけだった僕は、初めてどの曲にも楽譜という普遍のお手本があることを知った。楽譜があれば、聞いたことのない曲でも正しく歌えるのだという。

さらに、僕らが話す英語やヒースやヨアンが口にしていた各部族の言葉だけでなく、国ごとに信仰ごとにさまざまな言語が存在するのだと教えられた。ラテン語、スペイン語、フランス語、ドイツ語。言語ごとに音感の硬さが違い、音域が変わり、基本となる音階が決まっている。

僕らは一日一日を費やして、そういうものを体に叩き込んでいく。もはや銃を持って食料を奪いに行く必要はないし、そんな暇もない。食事の支度や洗濯をせずともスタッフがみんなやってくれる。僕らが世話を焼くべき大人などいない。大人たちが、僕らの生活に必要なすべてを整えてくれる。僕らの時間はすべて、音楽に充てられる。僕らの楽器は僕ら自身の体だ。食べることや眠ることが、僕という楽器を造り磨く手段なのだ。

僕は少しずつカラシニコフの手触りを忘れていく。火薬の黒は音符の色になり、銃剣の鈍色はカトラリーのそれになる。夕ご飯を終えて部屋に戻るころにはマリファナもカットも、ポップスを口遊むことすら億劫になるくらい疲れ果てている。

そんな生活の中で僕は、ときどき大佐を思い出す。大佐の暴力を、脳天から足の裏まで轟く怒声を、彼が見せびらかす銃剣の鋭さを、夢の中で必死に思い返す。

銃剣のきらめきがダイヤモンドのそれにすり替わることもあった。ファーミントン川の濁った水の底で、エアーコンプレッサーにつながったホースを咥えたニオが拾い集める宝石だ。僕とアンヘルの支払いに用いられた、ガラス片めいた石ころだ。

大佐にとって僕は、石ころ以下の価値しかなかった。性器を失った僕は、大佐のような屈強で残忍な大人の男にはなれない。

ならばもう、天使の歌声に縋るしかない。天使になることが唯一の生き方なのだ。アンヘルがそうして生きてきたように。

僕が自分自身を納得させようと必死になっている間、ヒースはずっと静かに抵抗を続けていた。彼は語学や歴史の授業には熱心に出席していたけれど、宗教の授業には一度だって出なかった。音楽の授業も、教室には来たけれど一声だって発さない。

学校のスタッフはそんな彼を優しく抱きしめ「私たちがあなたを愛してあげる。だからあなたは、私たちのために歌って」と繰り返す。ヒースは「じゃあオレごと、オレの神さまも愛してよ」と懇願する。

「オレの父さんは神さまに殉じたんだ。オレがオレの神さまを愛さなくなったら、誰が父さんを、神さまに殉じた家族や親類、友達を愛して覚えていられるんだ」

スタッフは彼の額にキスをして「駄々をこねないで」と苦笑いであしらっていた。

そうして僕が天使を目指そうと決めたころには、ヒースは完全に迷子になっていた。スタッフと話し合うことを諦めて、僕とアンヘルの陰に隠れて過ごすようになった。

夜、眠るときですら、僕らの傍にいた。さながら雷雨の夜に群からはぐれた子犬のようだ。仕方なく僕とアンヘルは二台のベッドをくっつけて、三人で眠るようにした。

以前なら、彼は明け方近くにベッドを抜け出し、声もなく神さまの言葉を口にしてお祈りをしていた。でも今はお祈りの動きすらしない。太陽が昇る前の薄闇の中に立ち尽くして、ぼんやりと壁を見つめている。


学校での授業が始まって三週間ほどが経った明け方だった。

あまりにも彼が壁を見つめるものだから、僕はたまらず彼の背に「ねえ」と声を掛ける。

「そこに神さまがいるの？」

彼は「うん」と頷いた。真っ直ぐに指を伸ばして、壁の塗装が欠けた部分をなぞる。

「オレの神さまは、このずっと先にいらっしゃるんだ」

「もう、神さまの言葉は歌わないの？」

ヒースは緩慢な動きで振り返る。視線はまだ壁に向いたままだ。

「これはさ」ヒースは壁を指したまま、逆の手で自らの下腹部を撫でた。「きっと罰なんだ。神さまの教えに背いた罰」

彼はまだ、天使にされた現実が受け入れられないのだ。まだ男としての生き方があると信じたがっている。だから音楽の授業で歌わない。歌で生きていこうと思っていない。彼は、僕が大佐やカラシニコフの力を絶対的な存在として信じていたのと同じように、神さまの影に寄り添う生き方しか知らないのだ。

「オレはさ」ヒースは壁へ――その先に浮かぶ彼の神さまの面影へ、告げる。「たぶん、おまえたちと歌ったり踊ったりしたから、こうなったんだ……オレの神さまはちゃんと、歌や踊りは人間を堕落させるって教えてくださっていたのに」

「歌も踊りも、みんなで楽しむものだよ。一緒に歌ったり踊ったりして、僕らは仲間になるんだ。堕落なんてしないよ」

「それは、きみの神さまの教義だよ。オレの神さまとは……」

違う、とヒースは囁く。歌うような抑揚だった。

そのとき、優しい高音が聞こえてきた。アンヘルだ。ベッドに転がって瞼を閉ざしたまま、歌詞のない子守歌を歌っている。短いフレーズを何度か繰り返してから、アンヘルは億劫そうに眼を開けた。

「バカだなぁ」アンヘルは吐息で笑う。「ボクたちは天使になったんだよ。歌わなくてどうするの？」

ヒースの視線がようやく壁から剥がれた。僕の上を素通りしてアンヘルを捉える。どういう意味？　と困惑しているようだ。

「きみは宗教の授業に出てないから知らないだろうけど」アンヘルはベッドの上で大きく伸びをして、伸びきったまま体の力を抜いた。「そもそも天使《ボクら》は、教会で歌うために造られたんだよ」

僕も、その授業を思い出す。

その昔、女の人は教会の中で声を発してはいけないといわれていた。けれど神さまを讃える歌や神さまの教えを伝える歌が野太い声では格好がつかない。聞く人にとって、歌の美しさはそのまま神さまの国の美しさを連想させる。透き通った無垢な歌声を生むために、声変わり前の男の子たちが選ばれた。でも、いくら美しい声を持っていても、子供の声は小さい。神さまの絶対的な在りようを表現するにはもっと大きな、大人の声量が必要だった。

だから、子供の声のままの大人の男を、造ったのだ。

「それは……」ヒースは数秒言い淀んでから、首を振る。「オレの神さまじゃない」

「おんなじだよ」アンヘルは声を上げて笑う。「言っただろ？　神さまっていうのは概念なんだよ。どんなに辛いときも神さまが見守ってくれている。ボクが辛い目に遭うのはボクがなにかを間違えたからじゃなくて、神さまが勝手に試練を与えて寄越したせいだって思える。そう思い込めることこそが、神さまなんだ」

僕はアンヘルの言い分に耳を傾けながら、その実、彼の弱さにも気づいていた。アンヘルは神さまが概念だと主張しながら、じゃあ神さまの御使いである天使も思い込みに過ぎないんじゃないか、という疑問には辿り着いていない。おそらく彼はわざと、その論点から目を背けている。

アンヘルもまた、美しい声で歌える両性具有の天使という概念に縋っているのだ。

僕はベッドの上に横たわるアンヘルを見る。寒い夜の月みたいに、彼の青白い肢体が浮かび上がっている。

これこそが天使だ、と直感する。

ベッドの上にしどけなく横たわるアンヘルは、僕らと同じ緩いTシャツとハーフパンツに包まれている。僕らとお揃いの格好なのに、彼は授業で見た天使そのものだった。古くからフレスコ画やモザイク画で伝え語られてきた、ふわふわとした翼を持つアレだ。

僕が芸術家なら、今この瞬間の彼を画に残したかもしれない。でも僕はもう、天使だった。僕には音楽しか残されていない。

だから僕はそっと音を紡ぐ。少し低い、いつかヨアンと一緒に仲間の墓を掘りながら聞いた、神さまの言葉を辿る。意味も歌詞もわからないけれど、僕の中で一番天使に相応しいと思える音がそれだった。

はっとヒースが顔を上げた。僕を睨む。いや、怯えたのだ。僕の歌った神さまの言葉を、彼は理解している。

僕は口を噤む。チリチリとどこかでコオロギが鳴いている。静寂が部屋に流れ込む。

どれくらい沈黙が続いたのか、ふっとヒースの頬が朱色に染まった。夜明けだ。鉄格子がはまった窓の向こう、マンゴーの木々を覆う空が朝焼けに燃えていた。

夢から醒めたようにヒースの瞳が輝いた。唇が緩み、朗々たる声が流れ出す。夜明け前の祈りを告げるアザーンだ。

久しぶりに聞く彼の歌声があまりにも伸びやかで澄んでいたから、僕らは完全に油断した。以前と変わりなく、彼は大丈夫だと、思ってしまった。

だから反応が遅れた。

ヒースが大きく一歩を踏み出した。ジャングルで日向ぼっこをしているオオトカゲのように両手を広げて、川の中を歩くご機嫌なリベリアカバみたいな足取りで部屋を横切っていく。

うっかり彼の背を見送ってしまった。ベッドに未練があったことも否めない。僕がベッドを下りたのはヒースが部屋を出てしばらく経ってからだった。スニーカに素足を突っ込んでいると、アンヘルが意外そうに上体を起こした。

「追いかけるの？」

「うん」僕は苦笑しながら頷く。「だって彼」ベッドから毛布を剥いで抱える。「裸足のまま出て行ったんだよ？　彼のお祈り、跪くのにさ」

あの調子ではきっと、アザーンを唱え終えるころには外に出てしまうだろう。朝露に湿気った地面に座り込んで額をこすりつけるなんて、あまりにも可哀想なお祈りだ。

敷物代りの毛布を抱えて、僕はヒースを追う。太陽光の入らない廊下のずっと先に、彼の背があった。半袖シャツとハーフパンツばかりが浮かび上がっている。

なにか嫌なことを思い出しそうな気がして、僕は足を止める。でもなにを思い出そうとしたのか、すぐに忘れてしまった。

建物から出ると、眩い朝が満ちていた。湿度が急速に去り大気が熱せられていく。

ヒースは、広場を囲むマンゴーの木々の奥にいた。その先にそびえるフェンスを、両手で摑みしめている。肩が強張っていた。素足に下草が刺さっているのかもしれない。

僕は小走りに近づき、彼の肩に触れる。熱っぽい手触りだった。

「オレは」ヒースはフェンスの奥を見つめたままだ。「男だから天使になれた。そうだよな？」

「そうだよ」

「そう、だよな……」

ヒースの笑みを、斑《まだら》な光と影とが彩っていた。枝葉やフェンスに遮られてなお届く朝の太陽だ。

「そうだ」とヒースは眩しそうに目を眇めて繰り返す。

そして、おもむろにフェンスに足をかけた。金網の隙間に素足の皮膚が挟まり千切れるのにも構わず、どんどん登っていく。咄嗟に伸ばした僕の指先を彼のハーフパンツの裾が掠めて、すり抜けていく。彼を捕まえられない。

仕方なく毛布を放り出して、僕もフェンスに足をかける。ヒースと僕との体重でフェンスが揺れる。このまま折れてしまえばいいのに、と思ったけれど、ヒースはフェンスの頂上に辿り着くや、反対側へと飛び降りてしまう。

舌打ちをしてフェンスのてっぺんに手を伸ばしたとき、鋭い痛みが掌を裂いた。思わず手を離してしまった。素早く脚を外してフェンスを滑り降りる。

目を凝らすと、フェンスの一番上に有刺鉄線が張り巡らされているのが見えた。この学校全体を取り囲む高い塀と同じだ。塀の有刺鉄線は子供を誘拐するゲリラや強盗が侵入できないように設置されているのだと思っていた。

けれどこれは、天使となった僕らを逃がさないためのものだ。

ヒースはこれを素足で乗り越えて行った。もう彼の姿は木々に呑まれてしまっている。この先にあるのはまだ普通の男の子だった僕らが、子供兵士であったころに摂取した薬物や暴力性からの脱却に苦労しつつ過ごしていた建物だ。

毛布を拾いあげて、フェンスの上に投げる。うまく有刺鉄線に引っかかってくれたけれど、垂れた毛布に足場が覆われてしまった。毛布をたくし上げながらフェンスを登る。

ぱぱ、と乾いた破裂音が聞こえた。

——発砲音だ。

ヒースを脱走兵だと勘違いした警備兵が撃ったのかもしれない。焦りが僕の背に汗を滲ませる。

毛布ごとフェンスのてっぺんを握って乗り越え、飛び降りる。

下草に蹴躓きながら木々の間を抜ける。ひときわ強く太陽が僕の眼を射た。

ヒースがいた。男の子だったころの僕らが過ごしていた建物と高い塀との間の、だだっ広い場所で足を止めている。

彼の前には、ワンボックスカーが停まっていた。前照灯が驚いたようにまん丸く灯って、明後日の方向を照らしている。

ワンボックスカーの周囲には子供たちがいた。その中に背の高い男と、スカーフをかぶった白人女性がいる。

僕とアンヘルを大佐から買い取った、あの白人女だ。彼女はまた子供たちを、たぶん天使にするために、買い集めてきたのだ。

ぱん、と再び発砲音がした。子供たちの中に立つ男が——白人女の護衛兼運転手だ——拳銃を構えている。でもヒースは無事だ。威嚇発砲というよりは、単純に射撃が下手なのかもしれない。

「撃つな!」と叫びながら走る。それなのに全然距離が縮まらない。焦りばかりが募る。

建物から駆け出してくる男が見えた。カラシニコフを背負っている。久しぶりに見る顔だ。

「アブドゥラ!」僕は男を呼ぶ。「ヒースは、逃げたわけじゃない!」

だから撃たないで、と続けた僕に、アブドゥラは頷いてくれた。彼はヒースを保護するために駆けつけてくれたのだ。だからカラシニコフだって構えていない。

ヒースもアブドゥラに気づいた。親しい友人に再会したように手を振っている。その手がアブドゥラの分厚い体を抱きしめて、その背に負われたカラシニコフを掴む。

ふたりの影が絡んで、もみ合っている。ヒースがカラシニコフを奪おうとしているのだ。武器なんか持ったこともないと言っていたくせにどうして、と僕はヒースの暴挙に混乱する。

アブドゥラの太い腕がカラシニコフごとヒースを抱き込んだ。動きを封じて説得を試みるのだろう。そのとき、ふたりの間で火花が弾けた。一拍遅れて発砲音が聞こえる。

アブドゥラの大きな体が跳ねて、頽《くずお》れた。頬だか肩だかを両手で押さえている。流れ出す血の勢いから見て致命傷ではないはずだ。

ヒースがアブドゥラを踏みつける。傷だらけの素足でアブドゥラの体を転がして、カラシニコフのベルトを外そうと試みている。アブドゥラの腕が、それでもカラシニコフをヒースに奪われるまいと弱々しい抵抗を続けている。

焦れたヒースがカラシニコフを構えた。ベルトがまだアブドゥラに握られているせいか、銃の扱いに不慣れなせいか、腰が引けた不格好な構えだった。銃身だって随分と斜めになっている。遠目にも銃口が激しく震えているのがわかった。

ヒースがカラシニコフを巡らせる。ワンボックスカーに銃口を向けようとしている。

躊躇のない発砲音がした。ヒースじゃない。彼はまだカラシニコフを扱いかねている。

撃ったのは、子供たちの中の誰かだ。拳銃を隠し持っている子がいたのだろう。買い取られたばかりの子供たちは、兵士だ。政府軍であるかゲリラであるかを問わず、正しく兵士のままだ。僕がそうであったように、簡単には武器を手放さない。

僕は、反射的に身を伏せていた。頬に土の感触がしてから、自分が伏せたことに気づいた。墓穴の底に似た湿度だ。違う、血だ。地面に点々と血が連なっている。フェンスと有刺鉄線によって傷ついたヒースの足跡が刻まれている。

何度も発砲音がする。子供たちの悲鳴とも雄叫びともつかない声が何重にも聞こえる。

「その女は！」とヒースのひび割れた叫びが轟いた。「きみたちを堕落させる悪魔だ！　ここに来たらみんな、神さまの教えに背く行いをさせられる！」

僕はヒースの狙いを悟る。彼は子供たちではなく、子供たちを連れてきた白人女を撃とうとしているのだ。でも子供たちは――兵士は、銃口を向けられれば無条件で抵抗するように教育されている。

「帰ろう、家に帰るんだよ。その女を殺して、みんなで神さまの下に行こう」

ヒースの呼びかけに、僕は上体を起こす。ヒースの誘いへ視線をやる。彼は、いったいどこに帰ろうというのだろう。彼の神さまはいったいなにをしてくれるというのだろう。

朝日が眩しかった。目を開けていられない。長い瞬きの合間に、カラシニコフをアブドゥラに引っ張られてよろめくヒースの薄っぺらい体を――子供たちによって拋られる黒い拳大の、パイナップル型の手榴弾を、いやにはっきりと見る。

ヒースが、足元に落ちた手榴弾を不思議そうに拾い上げた。アブドゥラがヒースの手ごと手榴弾を胸に掻き抱く。ひと塊になったふたりに、子供たちが容赦なく銃弾や怒声を浴びせる。

アブドゥラが地面に伏せて、体を丸めた。腕を抱き込まれたヒースも倒れる。

音は、聞こえなかった。アブドゥラの小山のような体が跳ねたことで、手榴弾が破裂したことを悟る。

ヒースがアブドゥラから離れた。右腕が半ばから消失している。アブドゥラに抱えられたまま、手榴弾にもぎ取られたのだろう。

——半袖だ。

場違いに、僕はぼんやりと考える。肘から先を鉈で切り落とした捕虜を、半袖と呼ぶのだ。子供兵士であったころの僕は、仲間たちと笑い合いながら「半袖」を量産していた。

それが今、仲間に返ってきた。

建物から、今さら白衣の大人や警備兵が駆け出してくる。ピカピカのカラシニコフをしっかりと構えて、子供たちを制するようだ。

白衣の大人たちがヒースとアブドゥラを取り囲む。ヒースの体は激しく痙攣し口から泡を吹いている。痛みか失血によるショック状態だ。

何度も見た光景だった。子供兵士であった僕が、何度も作ってきた捕虜の苦しみだった。

僕は駆け寄ることもできず地面に転がったまま、彼がのたうち回るさまを見る。忙しなく行き来を繰り返す大人たちが何事かを叫んでいる。その雑音を、ただ聞き流す。

大人たちがアブドゥラの傍らに屈み、首を振っている。

ワンボックスカーの周囲の子供たちは警備兵に押し倒されて、隠し持っていた武器を取り上げられていた。倒れたヒースにとどめを刺すのだと騒ぐ子や、警備兵に抵抗して歯をむき出しにする子も多い。

千切れた腕に止血を施されたヒースが、大人に抱えられてワンボックスカーへと運び込まれていく。ぼたぼたと彼から血が滴り落ちていた。子供たちの銃弾による傷だ。

急速に世界が朝の明るみに晒されていく。

ヒースを乗せたワンボックスカーが有刺鉄線を冠した壁から大急ぎで出ていく。巻き上げられた砂埃がキラキラと輝いていた。

その中で、白人女のスカーフが鮮やかに翻っている。周囲にいた子供たちが警備兵によって建物へと連れていかれるのを見送るその顔に、表情はなかった。ヒースの反抗も子供たちの反撃も、なにひとつなかったように凪いでいる。

つい、と女の眼が僕を捉えた。薄い唇が小さく動いて、微笑を作った。白い掌がひらひらと振られた。まるで野犬を追い払うようだ。

女の傍らには護衛兼運転手の男が朴訥《ぼくとつ》と立っている。

アブドゥラの体だけが、誰にも見向きもされず残されていた。彼が最期まで手放さなかったピカピカのカラシニコフだけが寄り添っている。

いつ、どこで手当てを受けたのか、記憶がなかった。気がつけば僕は包帯の巻かれた手でプラスチック製のコップを握っていた。

アンヘルとのふたり部屋の、自分のベッドの上だ。僕の毛布は持ち出したまま戻ってきていなかったけれど、ヒースの毛布が残っていたのでそれを膝にかけている。コップの縁からお茶の温もりが伝わってきた。フェンスの有刺鉄線で傷つけた掌に沁みる。

鉄格子のはまった窓から差し込む光はくすんだ朱色をしていて、今が何時なのかもわからない。アンヘルがいないので、まだ授業がある時間なのだろう。

僕はヒースが「神さまがいる」のだと指していた壁を見る。なにもない。塗装が剝がれているだけだ。

彼は塗装の剝がれた壁《神さま》を信じて、有刺鉄線を冠した壁の向こうに行ってしまった。子供兵士に寄越された手榴弾で千切れた腕は、もう戻ってこないだろう。ひょっとしたら命すら失ってしまうかもしれない。

彼の背を押したのは、僕だ。

そっと口を開く。誰もいない部屋で、神さまの言葉を歌う。僕には理解のできない言葉だ。歌詞らしき音を真似ているにすぎない。仲間の墓穴を掘りながら耳にした、あの微細な声の震えだって再現できない。

それでもヒースは、僕の歌に神さまを見出してしまった。

「神さまなんて、ただの概念なのに……」

本当にそうか？　と腹の底で僕が首を傾げている。誰かに見守ってもらえていると信じることは、概念だからと軽んじていいことなのか？　そんなモノのために、ヒースは腕を吹き飛ばされたのか？

答えが出ない。僕は無為に神さまの言葉を歌い続ける。

不意に歌が二重奏になった。

アンヘルが戸口から入って来る。僕の詠唱に合わせて歌い、そのくせすぐに自分勝手な音を重ねてくる。ゆったりとした僕の曲調の合間に、アップテンポなリズムを混ぜてくる。

競い合ったのは数秒だけだ。アンヘルの強引なのに軽快な歌声に、僕は噴き出す。アンヘルはどんどん音を重ねていく。

いつもならスタッフが駆けつけてくる「下品な」歌だ。でも今日は誰も来ない。きっとヒースの一件で忙しいのだろう。

僕らはひとしきり笑いながら、デタラメな曲を作り上げて歌う。

下品で美しくなくて間違っている、学校では禁止された歌だ。

「で？」アンヘルが曲の継ぎ目で、言う。「ヒースは？」

「さあ？」少し考えて、僕は塗装の剝がれた壁を指す。「神さまを追って、出て行っちゃった」

ふうん、とアンヘルは息を漏らす。それだけだった。もうヒースの行方にも安否にも興味がない様子で、「今日はね」と一日の授業内容を語って聞かせてくれる。

きっと彼は、明日にでもヒースの存在を忘れるだろう。僕が彼から彼の父親を奪い取ったあの日のように、自分が生きていくのに不要となった人間のことはすぐに忘れられるのだ。彼はそうやって生きてきた。

僕はまだ、アンヘルのようにはなれない。大佐の屈強な体と雷みたいな声を、ヨアンの筋肉質な長身を、アイーシャの熱くて柔らかな体を、思い出してしまう。忘れたくないと願ってしまう。

たぶん僕は、自分が天使になったことを、まだ本当には受け入れられていないのだ。心のどこかで自分が残酷で勇敢な兵士であり、大佐のような絶対的な暴力性を持つ大人になれると、信じたいのだ。

アンヘルの弾むような話し方に相槌を打ちながら、ヒースが神さまを見ていた壁へと顔を向ける。あの塗装をすべて剝がせば、彼が帰りたがっていた神さまの下につながる扉が現れるのだろうか。

不意にアンヘルの声が不思議な震えを帯びた。初めて耳にする技法だ。

「なに、それ」と問えば、アンヘルは僕の鼻先に得意顔を寄せてきた。

「天使の歌声だよ。今日の授業に出ていれば、新しい発声方法を学べたのに」アンヘルは白く冷たい掌を、僕の喉に押し当てる。「神さまの幻を追いかけて消えちゃった普通の子のことなんて考えなくていいんだよ。ボクらは天使になるんだ。天使として誰かに望まれて、ここから連れ出される。そのためにも、ボクらは完全な天使にならなきゃ」

——割礼を受けていない女の子はみんな、不完全な女だと思ってるんだから。

アイーシャの声がした。慌てて振り返る。誰もいない。鉄格子のはまった窓があるだけだ。

女子割礼によってカミソリで女性器を切り取られた女の子こそ完全な女性なのだと、一部の男の子たちは信じていた。なら、男性器を失った僕は完全な天使となれる。

膝の上にアンヘルが乗り上げていた。相変わらず彼は僕の喉を緩く摑んでいる。僕がヒースのように幻に囚われてしまわないように、これ以上ヒースの神さまの言葉を歌わないように、押さえてくれているのだ。

僕はアンヘルの体に腕を回す。彼が僕の上から落ちてしまわないように、彼の心配ごと彼を抱きしめて、その白い首筋に「大丈夫だよ」と囁く。

完全な天使になろう、とふたりきりで約束し合う。

第三章

11

午前の早い時間だというのに、教室の天井からぶら下がった扇風機が寄越す風は生ぬるい。鉄格子がはまった窓から吹き込む砂雑じりの風のほうが涼しいくらいだ。

僕とアンヘルは窓際で、それぞれの楽譜を手に身を寄せ合っていた。次の「発表会」での課題曲だ。

発表会は、僕たちが天使としてどれほど成長したかを世界中に知らしめる機会だ。僕らが学ぶ建物の隣にある丸屋根の下が会場と決まっていた。小さな舞台が据えられていて、それを見下ろすように十数台のカメラが設置されている。そのカメラは世界中の、子供兵士の更生を支援する善良な人々へとつながっているのだという。

要は、僕らが完全な天使へと近づくたびにワールド《W》・ワイド《W》・ウェブ《W》の向こうから莫大な金が「学校」宛に送金されてくるのだ。

発表会のあとは個人面接になるのが常だった。支援者が気に入った子供とカメラ越しに話せる時間が設けられている。僕らの一分にいくらの値が付いているのかは知らない。おそらく人気によって変わるのだろう。

アンヘルには、初めての発表会から支援者がついていた。発表会を終えた僕たち新入りがすごすごと部屋に戻るのを横目に、アンヘルだけは何時間もカメラの前から帰ってこなかった。

「天使《あなた》たちが支援者からお金を集めてくれるから」と言ったのは発表会を仕切るスタッフだ。「才能のない、ごく普通の子供たちが更生プログラムを受けられるんだよ。誰にでもできることじゃない、まさに天使に相応しい仕事なんだ」

その言葉で僕たち「音楽科」が特別なクラスなのだと知った。

思えば僕らが「天使」にされた手術からこっち、顔を見なくなった仲間が何人もいた。彼らはごく普通の、歌に秀でていない子供兵士たちだったのだ。だから「普通科」に残された。

教室の窓からは有刺鉄線を冠したフェンスが見えていた。ヒースが素足で乗り越えた、あのフェンスだ。一部はマンゴーやバナナの木々の奥に隠されているものの、途切れることなくぐるりと僕らの校舎を囲んでいる。

あの向こうが――ヒースが逃げ出し、ワンボックスカーに運び込まれた場所こそが「普通科」なのだ。

ヒースとアブドゥラに銃弾を撃ち込み手榴弾を抛った子供たちは「音楽科」に来るだろうか。もし彼らが「普通科」に残ったら？　僕らは仲間を殺した連中が普通の子供に戻り、それぞれの家庭や社会へ帰るための金を稼いでやっていることになる。

どうしてそんな連中のために歌わなきゃならないんだろう。

確かに僕らは「天使」と呼ばれる存在になった。けれどそれは、宗教で語られるような神の御使いじゃない。そも神なんてものは概念なのだ。僕らは施しを与える存在《天使》じゃない。僕ら《天使》にとって「相応しい行い」とは、天使の歌声を修得することだ。

永遠の子供の歌声だけが、僕らに相応しい。

それでも僕らは普通科の子供たちを無視することができなかった。といっても音楽科と普通科との間に交流はない。修める科目が違うのだから教室も宿舎も別だ。ひとつしかない食堂を使う時間だってずれている。顔を合わすことはない。

接点と言えば普通科と音楽科とを隔てるフェンスの破れ目をかいくぐって、コソ泥が現れるときくらいのものだった。

そして僕らは気づく。音楽科は圧倒的に優遇されているのだ、と。

彼ら《普通科》がくたびれた、今にも破れそうなシャツを着ているのに対して、僕ら《音楽科》はいつだってきれいに洗濯されたシャツを身に着けている。彼らが裸足やサンダルなのに対して、僕らの足元は穴ひとつないスニーカだ。食事だって毎日肉や魚、果物なんかを口にしている。天使になる前の食事よりずっと豪華で量も多い。

なにしろ僕たちは自分の体こそが唯一の武器で、もっとも大切な楽器なのだ。

でも普通科の子たちは僕らの事情なんて知りようがない。僕たちが贔屓《ひいき》されていると思って妬んでいる。だから有刺鉄線を冠したフェンスをくぐって音楽科に盗みに入る子が出るのだ。

音楽科の敷地に干してあるシャツやスニーカは定期的になくなる。教室の窓から手を伸ばして直接、筆記具を奪って行く子だっていた。物々交換でなにか——たとえば銃弾だのコカインだの——を手に入れるつもりなのか、尖ったそれを武器にしようと考えていたのかは知らない。

最初こそ、躍起になってコソ泥を捕まえようとした。盗られたものを取り返すために普通科の敷地に侵入しようとした。現行犯で捕まえ、抵抗されれば殴りつけた。

でも、今の僕らは彼らの蛮行を咎めたりはしない。捕えたり攻撃したりもしない。僕らは手を挙げて、大人の警備兵を呼びつける。泥棒の処置を任せる。まるで武器を知らない普通の子みたいな対応だ。それも仕方がないくらい、僕の掌は柔らかくなってしまっていた。武器なんか握れない。

「学校」に入って三年も経ってしまったのだ。

僕たちの背は大人と遜色なく伸びていた。ゲリラ時代にあった十五歳の規定は——僕はまだ十三歳か十四歳のはずだけれど——優に超えているだろう。歌声によって震わせる喉と胸には薄く脂肪が乗っている。無垢な幼子の歌声に相応しい、柔らかくふくよかな体だ。圧倒的な暴力で子供兵士を従えていた大佐とは違う。決して兵士にはなれない、天使の体だ。

最初こそ支援者がつかなかった僕にも、間延びした子守歌を卒業してオペラが演じられるようになると、指名が入るようになった。

固定客もついている。発表会のあとは決まって、細身の中年女性とカメラ越しに話す。海の向こう、アメリカ大陸で暮らしているのだという。僕ともアンヘルとも違う、老いた象の牙みたいな色の肌をした女性だ。黒い髪は見るたびに違う形に結い上げられていて、一度身につけた髪飾りを再びつけているところは見たことがなかった。

髪だけじゃない。彼女はいつも耳や指、ほっそりとした首なんかをきらきらと輝く石で飾っていた。ときおり「最近引き取ったの」と赤ん坊を見せてくれたりもする。ブレスレットが絡んだ腕の中で微睡《まどろ》む赤ん坊は、僕の記憶違いでなければ都度、肌や髪の色が変わっていたはずだ。赤ん坊を抱いていないときは、毛の長い小さな犬や耳の尖った中型犬がいた。たぶん彼女にとって身を飾る石も赤ん坊も犬も、大差がないのだろう。

一度だけ、僕より少し年上らしき少女が彼女の後ろに控えていたことがあった。

「娘よ」と紹介された少女は髪色こそ彼女と同じ黒だったけれど、彼女よりもアンヘルに似た肌の色をしていた。

「この娘と対になる子がほしいと思っていたの」

「その子も天使なの?」と訊こうとして、やめた。天使になれるのは男の子だけだ。

それは歴史で決まっている。

永遠の子供の歌声を持つ天使は、女性は教会で声を出してはいけない、という教えから生じた存在だ。天井の高い教会いっぱいに響き渡る大人の声量と肺活量と、澄んだ子供の歌声とが望まれた。たぶんそれらを望んだのは神さまじゃなくて、神さまを祀り上げる人間だったのだろう。だからこそ僕たちのような天使の造り方が、何百年を経ても受け継がれているのだ。

その経緯を考えれば、彼女の娘の対になるのは大人の男であるべきだった。

僕は黙って俯く。画面の向こう、彼女の背後に控えている少女も黙っていた。笑みひとつこぼさない。

「この娘はね」彼女ばかりが輝く石に彩られた指を忙しなく動かしながら、ひとりで話し続ける。「英語もフランス語も話せるのよ。私の子供になる子にはみんな、高等教育を受けさせてあげるの。それが親としての役目だもの」

僕は授業で英語からラテン語、イタリア語や、もちろんフランス語だって学んでいる。それぞれの言語で歌われる曲の意味を理解することが望まれるためだ。でも、それを指摘したりはしない。彼女が話したいだけ話させてやる。

「あなた、私の子になりなさいな、ね？　学校にも通わせてあげる。私の国は、恵まれない子供たちを養子に迎えることには寛容なの。だから、ね？　私の子供になりなさい。私、あなたのように愛想笑いをしない誠実な子が好きなの」

「Gratias vobis ago.」と僕はラテン語で、形ばかりのお礼を言う。

「あら、いいわね」画面の中で、彼女がケラケラと笑う。「それは、あなたの部族の言葉？　私そういうのが好きなの」

彼女は背後に控えている少女を顔の半分だけで振り返り「ね？」と同意を求めた。少女は目を伏せる。頷いたのかもしれない。その耳に、一粒の石が光っていることに、僕は気づく。

——ダイヤモンドだ。

彼女の耳や手を飾っているのも、きっと同じ石だろう。ひょっとしたらニオが——僕の兄や父が泥川の底から採ったものかもしれない。

チラ、と少女の視線が上がった。カメラ越しに僕を窺ったのだ。その所作で少女が、僕のラテン語が彼女たちふたりに向けて発せられたものだと理解しているのがわかった。でも指摘する様子はない。彼女が——少女の養母たる女性が、それを嫌うからだ。少女は注意深く、彼女の娘を演じている。

僕はカメラの向こうの母娘に微笑む。なるべく軽薄に見えているといいと考えながら、ふたりを彩るダイヤモンドの輝きに目を眇める。

そんな発表会と面接とを三年もの間繰り返して、もはや僕は兵士ではなくなっていた。武器の扱い方や暴力の振るい方を忘れて、歌うことに特化した天使へと近づいている。

だから僕は、盗みに入って来る子供たちを殴らない。大人の兵士に任せる。大人が、その太く逞しい腕で子供たちを制圧するのを眺めながら、なだらかな自分の股間を探る。

そんな僕の腕に、とん、と柔らかな温もりが触れた。

すぐ隣で課題曲を練習していた、アンヘルだ。僕より指三本分ほど背が低いものの、僕と同じく喉と胸とに脂肪を蓄えた天使そのものの体つきをしている。

アンヘルは僕に軽く体をぶち当てながら、間延びした声を発した。初歩的な音階だ。そのくせ美しくビブラートを利かせている。

僕が物思いに沈んでいることに気がついて、気晴らしのお遊びを仕掛けてきてくれたのだ。

僕はくつくつと笑ってやる。手にしたアリアの楽譜をアンヘルの鼻先で閃かせる。

息を吸ったのは同時だった。示し合わせたわけじゃない。彼との呼吸は互いが見えていなくても合う。

楽譜に記された音符を追って、指示された修飾を完璧に拾っていく。春の風を思わせる穏やかで少し冷たい歌い出しだ。すすり泣く女の子みたいな発声が好まれるのだと教えてくれたのは誰だっただろう。音楽の教師ではなかったはずだ。

ここに入ったばかりのころ、僕の目にはどんな種類の音符も修飾記号も全部同じものに見えていた。五線譜だって、見るたびに線が六本になったり七本になったりしていた。仲間の誰もがそうだったはずだ。僕らはときどきヒステリを起こして壁や仲間を殴ったりした。

もっとも、アンヘルだけは違った。彼は初めからここでの生活を受け入れていた。彼が兵士ではなく家具だったからだろう。

僕らが銃弾の詰まった木箱の重さやカラシニコフとガンオイルの臭い、大佐の暴力やマリファナ茶の甘さを思い出すとき、彼はあの薄暗い部屋で鎖につながれていたころを思い出していたのだろう。

僕らを生かしたのが暴力と薬物だったように、彼はずっと音楽に生かされてきた。

アンヘルは音楽のための家具だった。天使の歌声を得ることだけが、彼にとっての生きる指針であり希望だったのだ。

——僕とは違う。

そう実感するたび、僕の喉は縮み上がる。不自然なビブラートがかかる。

楽譜を握る僕の手に、アンヘルの白い指先が触れた。僕の、甲は黒く掌はピンクがかった手とは違う。彼の手は表も裏も眩く白い。それは彼の歌声も同じだった。

僕はアリアの楽譜を手放す。するりと床を滑るそれから意識を切り離し、アンヘルの声音に意識を集中させる。

別に楽譜に惑わされたわけじゃない。今の僕はもう楽譜が読める。何度か歌えば暗記してしまえる。それでも音が揺らぐのは、心が不安定だからだ。

僕は、歌が巧くなることを恐れている。天使として完成することが怖い。

アンヘルの声が緩んだ。僕に寄り添うために、わざと技巧を抑えたのだ。それでも彼の音にははっきりとした芯が感じられる。

だから僕も、彼に恥じないように肩や喉を意識的に弛緩させる。声から震えが消えた。

連続トリルから、一小節に詰め込めるだけ詰め込まれた音符を正しく俊敏に歌うアジリタ、同じ音を維持しながら強弱をつけるメッサ・ディ・ヴォーチェ、主音からわずかに音を下げてすぐに音階を戻すモルデント。装飾音を散らせた挑戦的な楽章を次々と歌い上げていく。

大丈夫。自信をもって。ボクらは誰よりも美しく、誰よりも大声で歌えると、彼の歌声が僕を励ましてくれる。

そうやって彼は、この三年の間ずっと僕を支え続けてくれた。

僕は、そんなアンヘルの騎士だった。純白の天使を暴力から守る、漆黒の騎士だ。

けれどもう、僕らは完全な天使となりつつある。

背は伸び、けれど硬い筋肉ではなく、声を美しく震わせるための柔らかな脂肪で喉と胸を覆っている。歌唱技術を駆使し、望むままに歌声を操れる。

アンヘルが僕の手を強く握った。互いの声が重なる。単調な音階から複雑に跳ねる曲調へ、フェルマータの余韻にはビブラートをかけて、幽かな掠れは曲に感情をまとわせるために。合図を送り合うこともなく、僕らは絡み合う。初めからそうあるために生まれたような、ふたりでひとつの完璧な調和だ。

僕ら以外の声は聞こえない。教室の誰もが聞き入っている。

僕の楽譜は誰かが踏みつけているのかもしれない。アンヘルは端から楽譜なんて持っていなかった。ふたりともが滲みそうになる不安を、押し殺していた。

天使となった僕らは、別々に買い取られていくと決まっている。

ふたり同時に最後の音を歌い終えると、ぱらぱら、と芝居がかった拍手がした。仲間からの称賛じゃない。

教室の戸口に、白人女性が立っていた。

この「学校」において白人スタッフは珍しくない。音楽や国語の授業を受け持つ教師、手術や診察を担う医師、自動小銃を提げてコソ泥を制圧する警備員。正直、見分けなんかつかない。でもあの女だけは見間違うはずもない。僕とアンヘルをダイヤモンドで買い取り、ヒースとアブドゥラを看取った、あの女だ。名前は知らない。仲間たちは伝統的にデイジーと呼んでいる。どこからともなく子供を買い取っては「学校」に連れて来て、頃合いになれば子供たちを「学校」から連れ出す。連れ出された子が戻って来ることはない。子供と一緒に消えたかと思えば、別の子供たちを引き連れてまた現れる。さながら雑草《デイジー》だ。

僕とアンヘルはどちらからともなく手を離す。

彼女は教室を見回すと「アンヘル、カラマ」と有無を言わせぬ強さで僕らを呼んだ。仲間たちの眼差しが、憐れみと羨望を帯びる。

彼女は教室に入ってくることもなく、戸口で淡く両腕を広げた。

「いらっしゃい。お出掛けよ」

ぎゅう、と心臓が締め付けられた。

彼女に連れ出された子供は二度と戻ってこない。「お出掛け」は実質的には「卒業」だ。「学校」で学べる技術をすべて修め、天使として完成したということだ。

窓から吹き込む熱風を、努めて深く吸う。デイジーが仲間たちに向かってなにかを話し続けている。ふたりのように、とか、勉強に励んで、とかそういう文句だ。

不意に雑音が入ってきた。

窓の鉄格子の向こう、マンゴーの枝葉で遮られたフェンスの前で子供が暴れている。薄汚れたTシャツを見るに普通科の男の子だろう。けれど、その子の腕を摑んでいるのは警備兵ではなかった。ジーンズに白衣を羽織った女性だ。フェンスを越えて音楽科の領域に侵入してきた子を、女性スタッフが連れ戻そうとしているのだ。

子供の怒声が、風に乗って断片的に届く。喉が潰れそうな叫びに、ヒースを思い出す。

ヒースは腕を吹き飛ばされ体中に銃弾を浴びて「学校」から連れ出された。そして僕らはこれから天使として「学校」を出る。

天使になることを定められた子供が壁の外の世界に戻るには負傷するか死体になるか、完全な天使となるしかない。

なら普通科の子供はなにをもって卒業するのだろう。

男の子がスタッフの拘束から抜け出すのが見えた。

——半袖だった。

服装の話じゃない。腕だ。普通科の男の子には肘から先がなかった。

瞬間的にアイーシャの笑みが脳裏を過ぎる。ゲリラ時代の思い出が押し寄せる。大佐の太い指が、握られた銃剣やカラシニコフが、アイーシャが振り下ろす鉈のきらめきが、質感を持って僕の掌に再現される。

「天使は」デイジーの声が、僕に突き刺さる。「幸せになれるのよ」

スタッフに抱きしめられた子が腕を振り回している。半袖の右腕と、長袖の――手首から先のない左腕とが交互に僕の視界で明滅する。

記憶の中で無邪気に笑うアイーシャは返り血で汚れている。「肘から先を斬り落とされた腕は半袖、手首から先なら長袖。半袖なら半袖で、長袖なら長袖でそろえてあげたほうがいいでしょう?」と同意を求められたとき、僕は鉈を握っていたはずだ。不運な村を襲って、逃げ遅れた誰かの腕を斬り落としていた。

「天使の歌声は人々を幸せにするの」デイジーの口上が続いている。「だから、天使自身も幸せになれるの。高値で売買され、高い教養を授けられ、学校にも通わせてもらえるわ。だからみんなも、幸せになりたければ、ふたりを目指しなさい」

教室に散る仲間たちの間に、母を見る。アイーシャに唆されて僕が撃ち抜いた母だ。真っ赤に潰れた顔で、僕の卒業を見守っている。

体が芯まで冷えていく。アイーシャやヨアンと体を寄せ合った夜の荒野のようだ。村から村へと武器を担いで移動するとき、雨の夜は大人たちだけが車の中で過ごし、子供たちはカラシニコフを抱いて濡れるままに木々の下で眠った。年少の子の中には濡れた服で体温を奪われて夜明けには死んでいる子もいた。大佐は子供たちに時間をとられることを嫌ったから、朝食を作る間にこっそりと埋めてあげるのが暗黙の了解になっていた。

でも僕らが腕を斬り落とした子は、そのまま野ざらしにした。生き死にを確かめることもなく放置し、意識のある捕虜は荒野に追い立てた。獣に襲われることも、そのまま死んでしまうことも、気に留めなかった。

自慢の高音で歌って囃し立てたことすらある。そんな僕が、誰かを幸せにする天使になれるのだろうか。僕は、僕のためだけに歌を学んだ。いつだって僕自身のためだけに歌っていた。より安全に、より好く生きられる可能性を信じるために歌ってきたのだ。

僕は立ち尽くす。ここがリベリアの荒野なのか教室なのか、自分がゲリラなのか天使なのかわからなくなる。

陽気なポップスが――マライア・キャリーが歌いたかった。自由奔放でヒステリックで、銃声にも負けず仲間を鼓舞する力強い歌が恋しかった。それなのに旋律が思い出せない。この三年間、オペラや宗教声楽曲《モテト》ばかりを学んできたせいだ。

僕はこれから天使として「学校」を出る。天使にポップスは似合わない。

でも本当に？　僕は天使だろうか？　天使とはなんだろう？　永遠の子供の声で歌う希有な存

在だ。それ以上でもそれ以下でもない。他人を幸せにするか否かは関係ない。

男の子が半袖と長袖のちぐはぐな腕を振り回してスタッフを突き飛ばした。彼の視線が僕を捉える。茂るマンゴーの葉越しにも、その瞳にこもった憎悪の熱量が感じられた。彼が歯を剝く。彼の言葉が、鼓膜ではなく僕の胸に直接届く。

「こんな腕で！　どうやって生きろっていうんだ！」

僕には歌がある。性器を失おうと手を失おうと、喉さえ無事なら僕は天使だ。けれど彼は？　大佐の部隊に残ったアイーシャやヨアンや仲間たちは？　他の部隊と争って負けていたら？　反抗を防ぐために腕を落とされていたら？

普通科の子供たちは編み物や縫い物、工作なんかを学んでいると噂に聞いた。それは腕がなくてもできる作業なのだろうか。僕は知らない。知ろうと思ったこともない。だって他人を気に掛けながら生き延びられるほど、世の中は易しくない。

ふっと指先が湿った熱を帯びた。アンヘルが僕の手を握っている。部隊から買い取られたあの日のワンボックスカーの中みたいだ。出逢ったときのように、僕らは互いの手に縋る。これから離ればなれになろうとしているのに。

「天使の歌声を持つ子は特別珍しいんだ」と性器を奪われながらも希望を捨てなかった彼の言葉を思い出す。「誰も天使を殺したりはしない。人間には傷つけられない。天使になれば、大人になれる。大人の歌手になれたなら、ボクらはひとりで生きていける。自分の声で稼いで、好きな場所で、好きなように生きていける」

アンヘルはこの「学校」からの卒業を夢見ていた。たとえそれが性別を持たない天使としてであっても、殺されることなく大人になることを望んでいた。大人とは、彼の言葉を借りるならば「ひとりで生きていける」ことだ。

僕たちはもう、ふたりでひとりではいられない。その事実を理解しているはずなのに、あの村の薄暗い部屋につながれていたときからの夢が叶うというのに、アンヘルもまた、ひとりになることに不安を抱いているのだろう。

彼の手を強く握り返してあげたかった。でも、しない。

彼の手は、ゲリラだったころの僕が斬り落としたかもしれない手だ。僕とは違う、夢のために銃も銃剣も暴力性すら取らず、ひたすら歌を極めた天使の手だ。

僕は丁寧に、けれど力を込めて彼の手を引き剝がす。大股に教室を横切ってデイジーの待つ戸口へと向かう。

アンヘルの戸惑いを、背中に感じた。言い知れぬ罪悪感と寂寞感が押し寄せる。それでも僕は、僕たちは、ひとりきりで教室を後にしなければならない。それが天使として生きるということなのだから。

デイジーは僕らを待たずに踵を返していた。僕が教室を出たときには、薄暗い廊下の数メートル先にいる。ジーンズに白い開襟シャツを身に着け、脇にはこれ見よがしに拳銃を入れたホルスターを吊るしていた。急かすように顎をしゃくり、アンヘルが一緒でないと気づくや忌々しそうな足取りで教室にとって返す。

「早くしなさい」と怒鳴る彼女の声はラのフラットだ。アンヘルの声は熟れた果実の芳香を思わせるファの音で、僕は一音低いミの音を基調としている。僕たちは天使の体で七オクターブの音域を自在に行き来する。柔らかな曲線を描くデイジーの体は、せいぜい二オクターブだろう。

教室の戸口でアンヘルを待つ彼女に「ねえ」と声をかける。「雑草《デイジー》」とあだ名で呼びそうになって危うく呑み込む。

「……あなたにとって、天使ってなに？」

デイジーが怪訝な顔で振り返った。僕の夜色の肌は廊下の薄闇に紛れて、きっと彼女の瞳には定かに映らない。僕は唇を引き結んで沈黙を守る。数秒して、彼女が視線を下げた。

「わたしの耳がまだ音楽を聞き分けられることを証明してくれる存在、かしら。わたしが見出した子が歌手として卒業して高値がつくと、わたしの耳はまだ音楽に愛されているのだと信じられるの」

「ダイヤモンドより」意外な答えに動揺して、声が少し高くなった。「音楽が好きなの？」

「歌手を目指していたの。子供のころ。なにも知らなかったから」

そんな貧弱な喉で？　と思ったけれど、口にしたのは別のことだった。

「なれなかったの？」

「……あなたは知らないのね」デイジーはひっそりと、建物の陰で揺れる雑草のように唇を歪めた。「もう、外の世界に歌手なんていないのよ。生身の人間が歌うには常識や良識による制約が多すぎて、もう誰も歌手になんてなれないの。だからこそ、あなたのような天使が高値で取引されるのよ」

へえ、と僕は息を漏らす。彼女の言う「外の世界」がどんなものかなんて知らない。僕の世界は銃と暴力が絶対的な世界だった。そんな世界の支配者であった大佐こそが、僕の目指すべき大人だった。大佐のような大人の男になれば、死なずにすむと信じていた。

けれど僕らはこれから、銃と暴力以外の「なにか」が支配する世界に売られるのだ。歌手が存在しない世界に、天使の歌声を持つ僕らが出て行く意味はなんだろう。いや、意味なんて考える必要はない。僕らは特別珍しいからこそ、外の世界の人たちが勝手に意味を見出し高値をつけて、大切にしてくれるのだ。

三年前、僕は大佐からくすんだダイヤモンドで買い取られた。カラシニコフと性器を失い、永遠の子供の声を約束された僕の価値が、可能性となってようやく手の届く場所まで下りて来た。

――この苦痛を乗り越えれば、もう少し好い将来がある。今、堪えれば、将来は怯えることなく生きていられるかもしれない。そういう可能性を、神さまって呼ぶんだよ。

そう教えてくれたアンヘルの、朝露めいた横顔を思い出す。

きっとアンヘルは、新たな環境ですぐに僕を忘れるだろう。これまでの彼がそうして生きてきたように、自分の生存に必要な相手を見極め、より好い未来のために歌い続けるはずだ。「だから、大丈夫」と呟いた僕の声は、僕の耳にも聞こえないくらい小さくて、誰に届くこともなく落ちていく。「僕も、ひとりで生きていける」


真新しいシャツとハーフパンツに着替えると、ワンボックスカーに乗せられた。

三年前、大佐から買い取られた僕らが乗せられたときと変わらず、ワンボックスカーには窓ガラスがなかった。護衛を兼ねた運転手の男とデイジー、僕とアンヘルだけの寂しい旅路だ。

「学校」を囲む青い鉄板の壁を後にしたワンボックスカーは、砂埃を巻き上げながら赤土の道を疾走する。吹き込む熱風が、助手席から振り返るデイジーのスカーフを乱していた。

「卒業試験よ」デイジーの声音はどこかうっとりと緩んでいた。「あなたたちの喉に値段がつくの。きっと、とびきりの、今までの誰よりも、高い値がつくわ」

僕は黙っていた。下手に口を開いて乾いた砂を吸ってしまわないように、喉を傷めないように、シャツの肩口で鼻を覆う。アンヘルは両手で顔の下半分を包むようにして窓の外の、どこまでも広がる荒野を眺めていた。

「試験に合格すれば」デイジーは一方的に話し続ける。「パスポートを造ってあげる。パスポートがあれば外国に行けるのよ。大きなホテルで大きなオークションが開かれるわ。きらびやかな会場のステージで、みんなの注目を一身に浴びて歌うの。みんなが、あなたたちの歌声に聞き惚れ、酔いしれる……なにしろ天使の歌声なんだから。世界の常識と良識によってとうの昔に葬られた、人造の天使……」まるで彼女自身がステージに上がるような興奮した口調が、束の間萎んだ。「そう……天使は、どんな歌も歌えるのよね……だって人間じゃないんだもの。人間の常識だの良識だのに縛られず、自由に歌えるなんて……」

羨ましい、と呻いたデイジーは、そのまま黙り込んでしまった。先ほどまでの上機嫌はどこへやら、悔しそうに頬を歪めている。

僕は無意識に凹凸のない股間を探っている。なにもない。男でも女でもない、歌うための生き物だ。

「僕は、銃とダイヤモンドとで売られた、ただの子供だよ」

自分自身に言い聞かせるような返答は、けれど車の走行音と吹き込む風に消えていく。デイジーは唇を噛み締めて窓の外に広がる荒野とジャングルを睨んでいる。

きっと彼女は、僕を買い取ったときのことなど覚えていない。たくさん買い取り、たくさん売り払ってきたうちのひとりにすぎない。

不意に指先にぬくもりが触れた気がした。アンヘルの手だ。僕はその熱を握り返してしまわないように、低く鼻歌を歌う。マライア・キャリーだ。旋律が正しい自信はなかった。歌っている間にどんどん、オペラや宗教声楽曲に浸食されていく。

それでもなお、初めてアンヘルと出逢ったときに競い合った曲の残骸を口遊む。

12

ジャングルの中にぽっかりと拓けた町だった。粘土質の大地に、トタンやブルーシートを屋根にした平べったい家屋がひしめいている。

運転手は町の入り口から少し入った路肩にワンボックスカーを停車させた。まずはデイジーに促された僕とアンヘルとが降りる。雨季でもないのに道路はぬかるんでいて、スニーカの底がねちゃりと滑った。

次いでデイジーが降りて、ワンボックスカーの扉を閉ざした。運転手はハンドルに顎を乗せて、昼下がりの猫みたいに目を細めている。降りてくる気はなさそうだ。

目抜き通りに面した店々はシャッターを開けていて、冷蔵庫だのクーラーだのが隙間なく押し込められている様子が垣間見えた。通りにある店の全てが、同じような家電店だ。

そんな大通りごと町を分断して、大きな川が横たわっている。川というより、大きな沼地を水でつなぎ合わせたようだ。

茶色い水が緩やかに流れる中に、ザルや柄の長いシャベルを抱えた子供たちがひしめき合っていた。どうやら川底の土砂をすくっては、ザルでふるって洗っているらしい。ひょっとすると、丸い沼地をつなぎ合わせたような川全体が、こうして土砂を掘り返しては洗い流した結果出来上がった流れなのかもしれない。

いやに凸凹した川と人々の群を眺めていると、「こっちよ」とデイジーに呼ばれた。

僕らは大通りに並ぶ家電店のひとつに入る。洗濯機と冷蔵庫、気化熱利用式のクーラーが細い通路を作り出している。店の奥には、家電に押しつぶされそうな小さなカウンターがあった。

男が立っている。三十歳ほどにも五十を過ぎているようにも見える、黒髪の白人だ。鼻の下と顎のラインを黒髭が強調していた。くせ毛の下には人懐っこそうな瞳がある。カウンターの下に隠した両手で、用意周到に強盗対策の武器を握っているのだろう。

「アッサラーム・アライクム」とデイジーは聞きなれない言葉をかけた。「学校」で学んだどの言語でもない。どちらかといえば、ヒースが歌っていた神さまの言葉に近い発音だ。

カウンターの男は鼻筋にしわを寄せると「それは」と訛のある英語で答える。

「あんたたち白人連中がヒステリックに叫んで禁じた文化の窃盗じゃあないのかね」

「まさか」デイジーは短く鼻息を漏らした。「離散せざるを得なかったレバノン人への哀れみと、それでも強く生きるあなたへの敬意よ」

「よく言うよ。自分たちは世界の公正な良心だって面で勝手なルールを敷いておいて。その傲慢さと厚顔さを、まさか自覚していないのか?」

「被害妄想はやめてちょうだい。だいたい、あなただって白人じゃない」

「一緒にするな。おまえは占領者の末裔で、俺は移民だ」

「経済の占領者でしょう」

「少なくとも、俺の祖先はこの大陸の人々を奴隷として拉致したりはしなかった」

「よく言うわ。この国にとっては、わたしもあなたも同じ、選挙権を持たない異物なの」

ふたりの舌戦を聞き流しながら、僕は、なるほど、と男の黒い髪と白い肌を見る。

これがレバノン人なのか。僕の村にもレバノン人はいた。いた、というのは正しくない。週に二日ほど、ほかの村から訪れていたにすぎない。

ダイヤモンドを買い取るためだ。

レバノン人商人は村の集会場に陣取ると、その週に採れたダイヤモンドを一粒ずつ検分し、天秤で重さを量り、それぞれの採掘者から買い取っていた。もっとも当時まだ幼かった僕は、村中のダイヤモンド掘りが集まる集会場には連れて行ってもらえなかった。

「人だかりに潰されちゃうから、もう少し大きくなってからな」と約束してくれたニオも、死んでしまった。だから僕は初めてレバノン人というものを間近で目にしたのだ。

レバノン人とはどこで生まれた人を示すのだろう。僕が生まれたリベリア、「学校」のあるシエラレオネ。デイジーがときおり口にするロシアやヨーロッパ。「学校」の支援者がいるアメリカ、僕の固定客が生まれた極東アジア。言語を学ぶ際に語られたいくつかの国、宗教の授業で耳にした国々。そういうものが実際にどれほど遠くにあるのかと問われると、わからない。漠然とワンボックスカーでは行けない距離にあるのだろうと思う程度だ。

「アッサラーム、アライクム」とデイジーをまねて不思議な音階を辿る。

途端に男が舌打ちをした。彼の国の言葉は舌打ちされるようなものなのだろうか、と少し驚きつつ、素直に「ごめんなさい」と英語で詫びた。

「聞きなれない言葉だったから……」

男は虚を衝かれた様子で目を瞬かせると、カウンターの上に身を乗り出した。僕とアンヘルとを見比べてから、「おまえ」と僕に笑いかけた。歯を剝いた獰猛な笑みだ。

「白人が憎くないか？　この国を蹂躙し、先祖を虐殺し、いまだにこの土地のあらゆる資源を吸い上げて醜く肥えていく連中を」

かちん、とカウンターの下から音がした。刹那、項《うなじ》が粟立つ。銃の安全装置を外す音だ。カラシニコフを抱えて勇敢に村を襲っていた過去の自分が、屈強な大佐から降り注ぐ圧倒的な暴力が、潰れた母の顔が、一挙に脳内に押し寄せる。

「殺してやりたいと、思わないか？」

どうだ？　と男に促されて、緩慢にデイジーを振り返る。華奢な体軀、柔らかく膨れた胸と尻、不釣り合いな脇の拳銃。金の髪、首に巻き付いたスカーフと小さな鞄。僕を買い取った、白い女。この女によって僕は部隊から引き離され、兵士ではなくなった。天使にされた。

でも僕の身に起こったことは僕のせいでも、たぶんこの女のせいでもない。神さまの試練ってやつだ。だから、殺したいと思ったことはない。そもそも僕が部隊から買い取られたときと今くらいしか接点がないのだ。わざわざ殺す理由がない。

「おいおい」と失笑交じりに呼ばれて、我に返る。いつの間にか男の両手はカウンターの上にあった。武器もない、空っぽの手だ。

「そっちじゃない」男はデイジーではなく、アンヘルを指す。「おまえ、この白人坊主と一緒くたに扱われてるんだぞ？」

え？　と間抜けな声が漏れた。アンヘルと一緒くたで、なにが問題なのだろう。この男は僕に、アンヘルを殺したいと思わないかと訊いたのか？

アンヘルと僕とはずっと一緒だった。たった数十分とはいえ、兵士であったころの僕を知ってくれている相手だ。ふたりともが歌を評価されて買い取られ、男でも女でもない天使にされ、ともに音楽を学んできた。それが当たり前だったのに、この男は僕がアンヘルに殺意を抱いていなければおかしい、という態度だった。

僕の間抜けな沈黙をどう捉えたのか、男は「ふうん」と曖昧な息を吐いた。

「カストラート特有の仲間意識か？」

「カストラート？」また初めての言葉だった。

「去勢歌手をそう呼ぶんだ。古いラテン語で『潰された者』って意味だ」

僕はなにもない股間を意識する。外科手術によってきれいに除去された男としての象徴が、僕の体から離れてすり潰されるイメージを描く。

昔、アンヘルを初めて見たとき、もし彼がアルビノであったなら魔術に用いるために体をバラバラにされて売られていくのだと、仲間の女の子たちが噂していた。彼は魔術のために殺されることなく五体満足でデイジーに買い取られたけれど、結局性器を潰されてしまった。

「僕らがどう呼ばれているのかは知らないけれど、僕らは天使だよ。ずっと仲間だ。肌の色なんか関係ない。永遠の子供の声を持つ、天使なんだ」

「天使？　天使だと？　白人が？」

はっ、と男が鼻を鳴らした。「メヤ川を」と攻撃的な声音とともに、家電に埋め尽くされた壁を指す。おそらく町を両断していたあの泥川を示したのだろう。

「見てきたか？　車が通ることはもちろん、人だってろくに歩けないでこぼこ具合だ。ダイヤモンドの露天掘りだよ」

沼をつなげたような川の造りは、人々がダイヤモンドを求めて掘ったものだったらしい。

「掘られた穴には雨季の間に水が溜まって、乾季には蚊が出てマラリアが流行る。土が流れ出るせいで、川の水を飲むこともできない」

僕の故郷では川底の土砂を浚《さら》ってダイヤモンドを探していたけれど、ここではわざわざ大地を掘り、その土を川で洗ってダイヤモンドを求めているのだ。川は上流から土砂が流れてくる限りダイヤモンドを探せるけれど、地面では次々に穴を掘るしかない。

けれどそれがどうしたというのだろう、と首を傾げた僕に、男はふっと表情を消した。

「事の起りは、白人連中がダイヤ欲しさにショベルカーで根こそぎひっくり返したことだよ。連中は人を奴隷として虐げ、ダイヤを求めて大地を穴だらけにし、どこの国でも自分たちの好き勝手に奪い尽くしていいのだと思い込んでいる。そのくせ人道だの良識だのを刷新したからと、自分たちの考えた『正しさ』を振りかざして、聖人面で善行を施しに侵略した国へと戻って来るんだ。知ってるか？　この国は、解放奴隷を移住させて建てられたんだ」

表情がないわりに、男の語りからは燻《くすぶ》る炭のような熱が感じられた。かといって武器を求めるような苛烈さはない。カウンターの下に武器を、無表情の裏に感情を隠す男の在り方は、これまでのどの大人とも違って不気味だった。

僕は横目にアンヘルを窺う。真昼の太陽を紡いだような髪と、茶色い瞳を縁取る蜂蜜色の睫毛。乳白色の肌と薄い唇。そのどれもが美しいと感じる。月夜に人の形を与えたようだ。

「きっとこれが天使なんだよ」僕は半ば無意識に呟いている。「彼とはリベリアで出逢ったんだ。鎖につながれて、歌う家具扱いされてた」

「シエラレオネは英国が解放奴隷を移住させて興った国だが、リベリアはアメリカが解放奴隷を送り込んで建てた国だ。この坊主は、おまえの祖父母の祖父母を家畜のように扱った連中の末裔かもしれないんだぞ」

「だから鎖でつながれていてもいいっていうの？　僕が、彼に殺意を抱かなきゃいけないの？　おかしいよ。だって、あなたの語る支配者の白人と彼とは、全然別の人だろ？」

男は再び「はっ」と鼻を鳴らすと、今度はアンヘルへと鋭い眼差しを向けた。

「おまえは、正しく白人の血を引いてるな。今こうして、この子に庇ってもらってるクセに黙《だんま》りだ。白人連中は都合の悪いときは知らん顔で、自分の信じる正しさを説くときと儲け話のときだけは、勢いよく首を突っ込んでくる」

「それは」アンヘルは自らの喉に触れる。「あなた自身の話？」

男が反論しようと口を開いた。けれどアンヘルは男の呼吸が声になるより早く「それとも」と言葉を続ける。

「あなたが、白い肌の誰かにひどい扱いを受けたの？　ボクも、ひどい扱いを受けたよ。ボクは家具だったんだ。首に鎖をつながれて、毎日お父さんのために歌ってた。お父さんは肌が黒かったけれど、ボクを打たなかったよ。でもね、同じ村の肌の黒い子たちはボクに石を投げて、打って、嗤って、遊んでたんだ。ねえ、あなたにとっては肌が白い人はみんな敵？　あなたは誰を憎んでるの？　あなたの人生に、ボクはどうかかわった？　ボクは、じゃあ」

ふっ、とアンヘルが唇を緩めた。

「ボクの人生について、誰を恨めばいいの？」

初めて逢ったときのアンヘルを思い出す。首につながれていた鎖の重たさが、村の子供たちの死を眺めていた無感動さが、武装ゲリラを素直に受け入れた精神状態が今、彼の全身から滲み出ているようだ。彼はまだ、あのころの鎖に囚われている。

「僕は」男の眼をまっすぐに見返した。「アンヘルを憎まないよ。殺意なんて抱かない。この国の成り立ちにだって興味がない。彼も僕も、もう、じゅうぶんに憎んだし憎まれた。それに、僕らは天使になったんだ。天使はただ、歌うだけだよ」

男は唇を引き結ぶ。目を眇めて僕とアンヘルとの狭間を睨む。どれほど沈黙が続いたのか、男はゆっくりと深い息を吐いた。

「いいだろう。合格だ。ふたりとも、歌を聴こう」

合格？　と首を傾げた僕らの背後で、デイジーが満足そうに笑う気配がした。

「何度テストしても無駄よ。ウチで育てたカストラートはみんな優秀なの。あなたの安い挑発に乗って反抗を企てるような子はいないわ。なにしろ、全ての子供たちをダイヤモンドで取引しているんだから」

「ダイヤモンドを支払ったからって、ダイヤモンドと同じ輝きを持つ商品とは限らないだろう。子供たちは原石だからな」

男はカウンターの奥にある扉を押し開けた。体を斜めにして、「どうぞ」と僕らを招く。

「合格ってことは、僕らはこれで卒業？」

「そう急《せ》くなよ。人間としての合格点が出ただけさ。子供兵士だった連中は成長してもちょっとしたことで暴力に走る場合が多い。今のは、侮辱や唆しに対して我慢が利くか、理性的に振る舞えるかのテストだ。おまえたちが人間か獣かの見極めだよ」

「教養は暴力性を抑えるの」デイジーは我がことのように語る。

それは違うよ、と僕は胸中で答える。確かに僕が兵士のままであったなら、男の態度や語調、わけのわからない長話に苛立って容易く暴力を振るっていただろう。でも僕がそうしなかったのは別に宗教や音楽、歴史といった教養を学んだからじゃない。

——これしか道がないからだ。

ここに来る前、僕はこれが卒業試験なのだと知らされていた。合格できなければ天使にはなれない。不合格だったとしても「学校」に戻ることはできない。なにしろデイジーに連れ出されて戻ってきた子はいないのだ。

だから僕は慎重に、注意深くこの試験に挑んでいる。それだけだ。

「往々にして」男は扉の奥の小部屋へと踏み入りながら、話し続ける。「カストラートを買おうなんて連中は、すでにバリトンだのソプラノだのの歌手を持っているんだ。忍耐力はなによりも重視するさ。競り落とされた先で問題が起これば、仲介人の俺の立場もないからな。次はカストラートとしての価値を計らせてもらおうか、天使さま」

壁際に木目調のチェンバロが据えてあるだけの小さな部屋だった。男は背を丸めてチェンバロの前に座る。僕とアンヘルとが傍らに立つと、それだけで部屋はいっぱいになった。

「あなたがマエストロ？」

男は悪戯っぽく唇に指先を当てると「内緒だぞ」と薄く笑った。

「俺みたいな男がチェンバロを持つことは禁じられてるんだ。おまえたちカストラートとおんなじだ」

「どうして楽器が禁止されるの？　そのチェンバロもダイヤモンドで買ったの？」

「まさか。チェンバロの入手方法が問題なんじゃない。いや、確かに正規ルートで購入したわけじゃないが、それは別にいい。誰が、チェンバロを弾いているかが問題なんだ」

男は「これを」とチェンバロの蓋を開く。夜を思わせる黒いナチュラル・キーの上に、乳白色の月めいたシャープ・キーが挟み込まれている。上段と下段にそれぞれ鍵盤が並んだフレンチタイプだ。丁寧に手入れされているであろうことは見て取れたものの、穴だらけの町に相応しく砂色にくすんでいる。

「誰が発明したかは定かじゃない。それっぽい記述は残されているが確定はしていない。だが原型となった楽器がどの地域で生まれたのかはわかるだろう？」

「イタリア」と僕が、「ドイツ」とアンヘルが答える。たぶん、どちらも正解でどちらも不正解だ。イタリアでチェンバロの原型となった楽器が作られたのではないかという記述は音楽事典にあるし、チェンバロを弾く人の姿はドイツの古い彫刻に残されている。でも。

「イタリア製なら」アンヘルが言う。「ナチュラル・キーは白いんじゃないか？」

「これがイタリア製かドイツ製かって話じゃなくて、チェンバロの原型がどこで生まれたのかって話だろう？」

男は僕らの議論に満足そうに頷き、「よく勉強してるじゃないか」と両手を広げた。空っぽの掌が白々しく示される。

「どちらにせよ、ヨーロッパで発明された楽器だ。レバノン出身の俺が持つことは、一部の自称人権活動家連中が主張する『世界的な良識』によると、文化の窃盗になるらしい」

デイジーが彼の邦《くに》の言葉で挨拶をしたときに聞いた言葉だった。

「自分の出身や所属するコミュニティの文化や伝統、母語以外の話者を演じてはいけない。真似てはいけない」男は笑みを浮かべたまま、瞳にどす黒い嫌悪を滲ませた。「真似た者は徹底的に糾弾してもいい。俺が子供のころ、そういう暗黙のルールが世界に広まった。一部の『良識的』な連中の主張を、自分は『善良』だと勘違いした連中が認めて、過激な行動を容認した。あるいは異を唱えることなく沈黙した」

また意味のわからない長話だ。僕は無表情のまま肩を竦める。

「白人は黒人の歌を歌ってはいけない」男の指がチェンバロの鍵盤を押し込む。弦の弾かれる音が余韻を伴って響いた。「歌手は自作の曲に他国語を入れてはいけない」二音目の弦が弾ける。「ゲイはバイセクシャルを演じてはいけない」三音目は二弦が同時に弾けた。「男が女性歌手の歌を歌ってはいけない。仏教徒がムスリムの物語を書いてはいけない。キリスト教徒がユダヤ教徒の言葉を訳してはいけない。カストラートのために作られた曲を、女や男が歌ってはいけない」

具体的な例を挙げるたび、男の指が鍵盤を押し込んでいく。チェンバロの身震いが部屋の中に満ちていく。頭上を見れば、トタン屋根ではなく木製の低い天井が造られていた。音が逃げないように、そして変な共鳴を起こさないために配慮されているのだ。

まさに音楽に溺れるための部屋だった。

僕はようやく、男とデイジーとがいがみ合っていた意味を理解する。男が僕とアンヘルの肌の色にこだわった理由を悟る。

デイジーが歌手を目指して挫折したというのも、この良識に由来するのだろう。おそらく彼女は僕らとは違い『善良な』社会で育てられたのだ。だから、所属するコミュニティに縛られる。白人女性であり英語を話す彼女は、白人女性が作曲した英語の曲しか歌えないのだ。シエラレオネやリベリアに滞在することすら、良識を持つ人々に糾弾されてきたのかもしれない。

彼女は僕らのようにあらゆる国の歴史や言語を学び、多種多様な発声法を身につけることができないのだ。

それは歌で生きていくには辛い制約だろう。

「まあ」男は自分の饒舌さを恥じたように、手で口元を覆った。「カストラート自体が人道的見地から遙か昔、それこそ世界的な良識以前から禁止されてたわけだが……」

「ひょっとして、レバノンっていうのはあらゆる音楽の発祥の地なの？　だから、あなたが天使の試験を請け負ってる？」

「は？」と瞠目した男は、すぐに噴き出した。「なにを言い出すのかと思えば」という呆れ口調は、すぐに秘密を打ち明ける抑揚にひそめられる。「レバノンってのはな、内戦があった国の名だよ。ヘルモンって名前の、堕天使が降り立った山があるんだ。堕天使たちは人間の女を娶り、善からぬ知恵を授け、神が大洪水で地上を洗う原因を作ったとされている」

「つまり、あなたは堕天使の末裔？」

「そう」男はチェンバロの鍵盤に指を乗せる。「堕天使も天使の端くれだ。だから天使の歌声といわれるカストラートの声の良し悪しくらいはわかるさ」

冗談にしては真剣な顔だった。僕も、彼の表情に相応しい重厚さで頷く。

男の指がチェンバロを鳴らす。440Hz《ヘルツ》、多くの交響楽団が基準とする音だ。きちんと調音されていた。

「それで？」男はチェンバロの鍵盤に指を置いたまま僕を仰ぐ。「なにを歌ってくれるんだい、天使さま？」

「ヘンデルの」アンヘルが即答する。「アリオーソを。歌劇『セルセ』の『Ombra mai fu《優しい木陰》』」

天使《去勢歌手》のために作られた曲だ。僕も異存はない。男の指がゆっくりとチェンバロの鍵盤を泳ぐ。譜面を探すこともせず、滲んだ音で歌い出しの音程を示す。

アンヘルの、すすり泣きに似た声が緩やかに流れだす。ふくよかな赤土の大地を彷彿とさせる安定したイタリア語だ。豊かな声量と繊細な技巧が、たった一声でも伝わる。

「やめろ」唐突に男の鋭い制止が割り込んだ。「じゅうぶんだ。もういい」

意味がわからず、僕は目を瞠る。アンヘルはまだ二声しか発していない。カストラートが誇るソプラノの音域にすら達していない。それなのに男は、乱暴に手を振って遮った。

どうして？　と問う間もなく、男が立ち上がる。僕を押しのけて小部屋を出ると、家電店のカウンターからなにかを引っ摑んで戻って来る。

板状の機械だった。電子調律器に似ているけれど、初めて見るタイプだ。

男は乱暴にアンヘルの手を取ると、甲に板状の機械をかざす。反応はない。右手も左手も無反応であることを確かめると、首筋に板を当てた。

ピピッ、と小さな電子音がした。男の手の中で板状の機械がなにかを表示しているようだ。

アンヘルの白い頰が蒼褪めて震えていた。なぜか「学校」の寝室の壁を彷彿とする。ヒースが「神さまがいる」と指した、塗装の剝がれたあの壁だ。

「おまえ」男の冷ややかな抑揚がアンヘルへと向けられた。無遠慮に伸ばされた手がアンヘルの白い喉を鷲摑み、うごめく。

家具であったころのアンヘルは、そこに鎖を巻かれていた。今は男の手が、彼の首に巻きついて、なにかを探っている。

ややあって、男は舌打ちをした。「おまえ」と嚙み締めるように繰り返す。

「元、商品か」

僕らは天使として売買されるためにここへ来た。それなのに「元」とはどういう意味だろう。

アンヘルは、ぎこちなく唇を歪めた。混乱する僕を横目に、嗤っていた。

「ボクの声はね」アンヘルの、子供のすすり泣きめいた声が告げる。「殴られたときに、肌を切り裂かれたときに、髪を焼かれたときに、美しく泣き叫べるように造られたものなんだよ」

瞬間的に大佐の、そびえる壁のような体を思い出す。兵士になれなかった小柄な子や失敗を重ねた子供たちが受けた暴力の数々が、すぐ背後に迫っている錯覚を抱く。

「きみは……家具になる前は、ゲリラにいたの？」

「違うよ」アンヘルは、穏やかに息を漏らす。「人買いたちが、ボクをそうしたんだ。そういう子供はね、殺されるために生かされている。娯楽として殺されるために売られるから、長生きできない。でもボクを買い取った父さんはボクを殺さなかった、殴らなかった。誰かに奏でられる楽器じゃなくて、ただそこに在るだけの家具にしてくれた。ただ存在するだけで生きていられるなんて、こんなに幸せなことはないだろう？」

アンヘルの首に鎖が見えた。彼がまだ薄暗い部屋につながれていたころの、幻だ。

僕は自らの手を見下ろす。空っぽだ。ヨアンやアイーシャたちと村を襲っていたころのカラシニコフはない。もう、どうやって撃っていたのかすら思い出せない。

「なにが天使の歌声だ」男が唾棄する。「なにがカストラートだ。おまえ、偽物じゃないか」

「あなたは」アンヘルは仄かに頬を緩める。「ボクの声が造り物だって、すぐにわかるんだね。

それとも、その機械に表示されるの？」

「俺は堕天使の末裔だぞ」はっ、と男は鼻を鳴らして唇の端を吊り上げる。「本物の天使の歌声かどうかなんて聞けばわかる」

「偽物って」割り込んだ僕の声は上擦っていた。「どういう意味？　天使になる前に商品だったことはわかったけど、それは偽物ってことじゃないだろ。彼の歌声は本物だよ。僕と彼はずっと一緒に練習してきたんだ」

「人工声帯だ」男は指先で自分の喉を叩いてみせた。「喉の筋肉に電極を埋め込んで、歳不相応な声を出させる。金持ちが即席歌手を造る方法だ」

「でも、だからって……」

僕らが「学校」で学んだ技術と年月が無に帰すわけではない。

「彼の歌声は訓練で培ったホンモノだよ」

「問題は歌唱技術じゃない」男のチェンバロがたどたどしい宗教声楽曲《モテト》を奏でる。「そもそも長く使われることを想定していないんだ。人工声帯は使用限界を迎えると硬化する。歌どころか声も出なくなる。なによりも問題なのは、こいつがすでに商品として登録されてることだ」

僕はアンヘルを見る。顔色は相変わらず悪かったけれど、動揺はない。彼は知っていたのだ。自分の声が人工的に制御されたものであり、その結果いつかは声を失うのだと。

唐突に、甲高い叫びが鼓膜を裂いた。アンヘルの、歌唱も音階もない叫びだ。女の子の絶叫とも獣のそれともつかない。懐かしさすら覚えた。僕らが初めて出逢ったときに競い合った、ホイッスル・ボイスだ。

すぐに僕も唱和する。

アンヘルの呼吸にわずかな動揺が走った。それでも彼の声は僕と融ける。チェンバロに似た和音を形成する。

僕らはずっと歌うために育てられてきた。楽譜も伴奏も僕らの間には要らない。互いの声さえ聞こえれば、それでじゅうぶんだ。

僕とアンヘルの、ヒステリックなまでの高音が音楽を編む。彼の声に機械の気配は感じられない。僕たちが襲ったあの村の、アンヘルが鎖でつながれていたあの家の埃っぽさが宿っている。「学校」では思い出せなかった旋律が、考えるより先に口をつく。荒々しく自由奔放で、ともすれば暴力的な音だ。

でたらめな歌詞で歌い終えた僕らは、弾んだ呼吸を整えることもなく互いを見た。

「マライア・キャリーだ」と僕が。

「クリスティーナ・アギレラだよ」とアンヘルが、苦笑して言う。

「ディマシュ・クダイベルゲンだろ?」男が不思議そうに瞬いた。「知らないで歌ったのか? カザフスタンの、七オクターブの音域を持っていた歌手だ。男の歌手だよ。少なくとも記録上はそうなってる」

僕らは顔を見合わせる。お互いに血の気が引いていた。初めて聞く名前に動揺する。歌姫《女性》でも性器を失っても《天使でも》いない男が、あの高音を歌っていたというのだ。では性器を失ってまで七オクターブの音域を守った僕らは、なんだというのだろう。

はは、とアンヘルが笑う。大人の男になれない声で、少女のすすり泣きに似た声で。ゆっくりと踵を返して部屋を出て行く。さようならも、またねもない別れだ。

咄嗟に彼の腕を掴んだ。でもかける言葉が喉に閊えて、頭が真っ白になる。

アンヘルの白く美しい指が、僕の黒い手を解く。薄茶色い瞳に、僕が映り込んでいた。山に降りた堕天使の影かもしれない。

アンヘルと入れ違いに、肩を怒らせたデイジーが入ってきた。「冗談じゃないわ」と声を荒らげる。

「買い取らないって、どういうこと？　白人のカストラートよ？　国籍さえ与えればカストラートのために書かれた曲を表舞台で歌える存在なのに！」

「元商品だよ。すでに人体埋込型のパスポートを持ってる。どっかから輸入されてきた玩具だよ。国籍の書き換えは至難の業だ。それに」男は呆れたように短く息を吐く。「人工咽頭だったぞ。売り物にはならない」

デイジーは数秒絶句した。すぐに「そんな」と喘ぎ、「ありえない」と力強さを取り戻す。

「ゲリラから買い取った子供よ？　リベリアの、電波もろくに入らない、医療施設だってろくに知らない連中が連れてた子が、人工咽頭なんて代物を持ってるわけないでしょう」

「そういう思い込みを差別って言うのさ、白人さま」

舌打ちをして、ディジーは言い募る。

「わたしはこの耳で、この子たちの声を確認して買い取ってるのよ」

「ああ」男の頬に哀れみが差す。「そうか、おまえさんくらい若い世代だと、もう本物の歌声なんて聞くことはないのか。録音、合成音声、そりゃ耳なんてまともに育ちゃしないさ。おまえが生きてきたのは、ラジヲで男が女の歌を紹介しただけで非難される時代だ」

仕方がない、と慰める男に、ディジーは答えない。白い頬がかすかに痙攣している。何事かをブツブツと呟いてから「それでも」と呻く。

「黙っていればいいのよ。ただの人工咽頭でしょう？ 客は気づかないわ」

「なら、余所を当たれ」男は面倒くさそうにチェンバロの蓋を閉じた。「俺は偽物を扱わない。でもな、この界隈でパスポートデータを書き換えられるような技術者はいない。出国できない以上オークションにだって出品できないぞ」

ディジーは唇を半開きにして、黙り込んだ。日照りが続いたときのサトウキビみたいに項垂れている。

「こっちは」男は顎で僕を示した。「規定量のダイヤで買い取るよ。来週にはアントウェルペンの競りに掛けてやる。オークション会場で旨いベルギーチョコが食えるぞ」

男は僕の背を押して部屋を出ると、カウンターの下から小さな手提げ金庫を取り出した。ダイヤル式の錠が機能していないのか男が不精なのか、蓋はすんなりと開かれた。

透明なガラス片が、小さなビニルパックに小分けにされて詰まっている。

――ダイヤモンドだ。

大きい物でも足の小指の爪くらいしかない。僕らが大佐から買い取られたときの支払いに用いられていたものは黄色くくすんでいたけれど、ここにあるものはどれも光をかき集めたように澄んでいる。

「こういう小さいダイヤモンドはわざわざ日本に運んで加工されるんだ。職人がひと粒ずつ指輪だの首輪だのにはめ込むらしいぞ。ちりばめられたダイヤモンドは新月の星空にも負けない美しさって話だ。おまえ、日本って国がどこにあるか知ってるか？」

「知ってるよ」

僕の固定客が生まれた国だ。手先が器用な人が多くて、小さくて繊細な装身具をたくさん造るのだと、指輪をカメラにかざして教えてくれたことがある。

でももう、余所の国なんかに興味はなかった。アンヘルは不合格になりこの国から出ることもかなわず、僕は合格して国外に売られる。もう二度と僕らの路は交わらない。

「ダイヤモンド……」

川に沈んで死んだニオの顔が、大佐の下に残されたアイーシャとヨアンが、蒼褪めたアンヘルが、脳裏に浮かんでは消えていく。みんな、僕だって、ダイヤモンドさえなければもう少し平穏な人生を送れたかもしれないのに。

「……ただの石ころじゃないか」

「まあ、そうだな」男が心底愉快そうに鼻を鳴らした。「ただの石だ。こんな石ころが世界じゃ高値で取引されているんだよ。だが、メヤ川でダイヤを掘ってる連中はどうだ？　大きいのを掘り当てたって」男は店中にひしめく家電へ顎をしゃくる。「景品としてこれを持って帰れる程度だぞ？」

「ダイヤモンドと冷蔵庫と天使は、全部同じ価値ってこと？」

「泥にまみれてダイヤを掘る連中は、ただ働き同然ってことだよ。どれもこれも、本当は価値なんてない」

「……僕にも？」

「天使は」男は爪の先くらいの小さな石を二粒、摘まむ。ぎらぎらと眩いほど輝いている。「高クオリティのダイヤモンドで飾られる価値がある」

僕の固定客は、いつだって輝く石を指や耳に着けていた。固定客の娘も、耳に同じ輝きを宿していた。

三年前、まだただの子供兵士に過ぎなかった僕に、デイジーは何粒のダイヤモンドを支払ったのだろう。大佐の分厚い手に渡った石は濁っていたけれど、それでもダイヤモンドには違いない。

アンヘルは僕と同じように「学校」で学んだのに、石ころひとつ分の価値すら失ってしまった。

――彼が、なにかの選択を間違えたわけじゃないのに。

「ちょっと」と緊張を孕んだデイジーの声で、我に返る。

「あの子は、どこ？」

冷蔵庫とクーラーの隙間に、泥でスタンプされた足跡が散っている。それだけだ。誰もいない。先にチェンバロの小部屋を出たアンヘルの姿はない。

――逃げたのだ。

閃くように悟った。天使として認めてもらえなかった彼は、大人の支配から自由になるために自分の脚で走り出した。僕らの道は別たれた。そうわかっていたのに。覚悟もしていたのに。

僕は駆け出していた。見えもしないアンヘルの背を追って、家電店ばかりが並ぶ大通りを駆ける。デイジーの制止が絶叫になって届く。

どうして彼を追いかけようと思ったのか自分でもわからない。さようならも言わずにすれ違った彼の、白く美しい横顔が瞼に焼き付いていた。

13

いくらも行かず道に建ち並ぶ家電店が、トタン屋根と木板の壁で造られたバラックになる。床下からちょろちょろと泥水が流れだしていた。小川の上にバラックを建て、床に穿った穴からダイヤモンドを探しているのかもしれない。

道はいやに立体的で走り難い。気を抜くと転んでしまいそうだ。

町を断ち切る大きな川に出た。岸辺が小高いわりに流れは緩い。沼をつなぎ合わせたようだ。

土手の上には所々にパラソルが咲き、その下に置かれたビーチチェアには大人の男が寝そべっていた。傍らにはカラシニコフを肩にかけた護衛が控えている。

大人が見下ろす茶色く濁った川面のあちこちに、半裸の子供たちがいた。いくつかのグループは、ザルを片手に岸辺へと引き上げてくるところだ。太陽と気温が高くなってくるころなので、昼休みに入るのかもしれない。今の僕といくつも変わらない青年から、デイジーに買い取られたころの僕と同じくらい幼い子もいる。

そんな彼らの流れに逆らう、白い影が見えた。アンヘルだ。土手を転がり、泥川の中に倒れ込む。四肢がもがいていた。それなのに彼の金髪は半ばまで水に沈んだまま浮いてこない。

溺れてしまう、と焦った僕は少年たちを押しのけて川面へ駆け下りる。はずが、少年たちの悪態とぬめった足場とに阻まれて思うように距離が縮まらない。

と、アンヘルに大股で近づく男がいた。泥だらけのハーフパンツから伸びる引き締まった脚にも裸の上半身にも、強靭な筋肉が張り付いている。

束の間、僕はアンヘルを救い出す男の、大人の男の肉体に見惚れた。僕には――去勢された天使には、どれほど望んでも得られないものだった。

抱き起されるアンヘルの生白く華奢な体に、自分自身を重ねる。背ばかりが伸びて、喉と胸に脂肪を蓄えた、永遠の子供の体だ。歌声のために大人の男としての成長を奪われた、貧弱な肉体を見せつけられる。

でも、それでいい。来週にも僕の体はオークションに掛けられて、透明なダイヤモンドに相応しい値で売買される。赤土と石ころとカラシニコフばかりの国から出て、天使として幸せに生きていける。

幸せに？　僕は幸せに生きたくて、ここまで来たのだろうか？　子供のころの僕はただ、生きたいと願っていた。故郷の村が襲われたときも、アイーシャに唆されて母を撃ったときも、木に縛られた無抵抗の子供を刺したときも、ほかの村を襲ったときだって、僕はただ殺されない道を選び続けていたに過ぎない。

これは、と僕は自分の、そしてアンヘルの、丸みを帯びた体を見下ろす。これは僕が選んだ果ての体なのだ。

空っぽの手にカラシニコフの重みを探す。あてもなく伸べた手が、ヨアンの幻影をかすめる。

「カラマ？」

アンヘルを抱き起した男が――逞しい大人の男が、不思議そうに僕を呼んだ。見覚えのない男だった。いや、目元に既視感がある。なによりも男はアンヘルを見下ろし「おまえ」と言葉を続ける。

「家具を廃業してダイヤモンドの露天掘りに転職するのか？　俺のいない間に随分といいモン食ってたみたいだが、全然なっちゃない。そんなひょろい体じゃ倒れるのがオチだぞ」

ヨアン、だった。子供兵士の僕が初めて捕えた、僕より年嵩で身長も高い男の子だ。別れたころよりも背が伸びて、体は二回りも大きくなっている。それなのに筋肉に覆われた腕にあるのはカラシニコフではなく、大きなシャベルだった。

「なにを……」

していているの？　と問うのはあまりにも間抜けだった。続ける言葉を呑み込んだ僕を差し置いて、アンヘルの拳がヨアンの胸を殴りつける。

「きみ、きみを覚えてるよ。家具を直せる子だ。ボクをあの部屋から連れ出してくれた子だ。ねえ、きみも覚えてるでしょ？　ボクは家具なんだ。だから、ねえ」

ボクを直してよ、とアンヘルは懇願する。彼の拳は鈍く、声だって囁き声だ。

ヨアンはアンヘルの腕を拘束しようともしない。引き締まった肉体を持つヨアンにとってアンヘルの力など、水が跳ねる程度のものなのだろう。

「悪いが、俺は一度だって家具を直せたことがないんだ」

嘘だ、と僕は頬を歪める。僕が初めてヨアンと出逢ったとき、彼は金槌で殴りかかってきた。ちょうど椅子を直しているところだったからだ。それなのに、どうしてそんな嘘をつくのだろう。

「確かに家具修理の職には就いたことはあるけどな」ヨアンは親指で僕を指す。「直す前に、こいつのモノになったんだよ。だから、おまえを直してやれない」

初めての仕事を完了させる前に僕が彼を兵士にしてしまった、ということらしい。

「じゃあ」とアンヘルのか細い声が滑り込む。「ボクを殺してよ。ひと思いに、そのシャベルでこの首を叩き斬って。昔のよしみでさ。きみ、ゲリラだったんだから、できるだろ？　ボクは他人に弾かれる楽器にはなりたくない。ボクは悲鳴じゃなくて歌を歌うために生まれた、天使なんだ。だから」

天使のまま死なせて、とアンヘルはジャングルに芽吹く新緑に似た美しい歌唱法《ベルカント》で告げる。

ヨアンの顔が険しくなった。事態がわからないなりに、それでもアンヘルが追い詰められている原因に考えを巡らせるようだ。

その精悍な雰囲気に、ぞくりとした。恐怖じゃない。羨望だ。ヨアンの全身から立ちのぼる大人の男の、ともすれば大佐にすら匹敵する威圧感に、叫び出したいほどの渇望を覚えた。

喉を傷めたっていい、天使の歌声を投げ出してもヨアンの体がほしい。そんな自分の衝動を誤魔化すために努めて深い呼吸を繰り返し、首を巡らせる。

川に散った少年たちが興味深そうに、そのくせ口も利かずに僕らを窺っている。ゲリラ時代の僕たちとは違い、彼らは仲間同士で談笑したりはしないらしい。ならば仲間のために歌うこともないのだろうか。

「……アイーシャは?」姿の見当たらない仲間の行方を問う。「一緒じゃないの?」

「あいつは……」

ヨアンは言い淀み、しゃがみ込んだ。尻が泥水に浸かることも気にせず、アンヘルの脚にへばりつくズボンを直して立たせてやる。

「カストラート!」ようやく追いついたらしいデイジーの声が、妙に遠くでした。汚れることを厭うて土手の上で立ち止まっているのだろう。

代りに、乱暴に水をかき分ける音が近づいてくる。デイジーが雇っている運転手がかり出されたのだろう。顔も覚えていないのに、腰に吊られていた拳銃だけは鮮明に思い出せた。

「アイーシャは……」水音に紛れる、ヨアンの返答だ。「NGOの学校に通いながら売春婦をしてる」

瞬きふたつ分、なにを言われたのか考えた。NGOのおかげでアイーシャは学校に通えている。銃ではなくペンを握っている。それはいい。歓迎すべきことだ。けれどなぜ、売春婦をしているのだろう。

生きていくためだ。それは理解できる。でも、アイーシャは自分の力で服も食料も手に入れられる、立派な兵士だった。僕らと一緒にカラシニコフを背負って村々を襲い、まだ闘えない子たちの分まで食料を奪っていた。戦利品を独占することなく、みんなに分け与えていた。

そんな彼女が、どうして売春で生計を立てなければならないのだろう。

大佐の下でゲリラとして行動していたときにはなかったことだ。女の子たちはゲリラに入ったときには全員平等にレイプされるけれど、そのあとはたいてい特定の誰かの妻として扱われる。女の子部隊の隊長であったアイーシャには、大人の男たちでさえそれなりの敬意をもって接していた。

「戻りなさい！」とまた、デイジーの絶叫だ。

「あの女……」ヨアンが目を眇めた。「おまえたちを買って行った女か？」

「うん」うまく働かない頭で、ぼんやりと機械的に話題を振る。「きみは？　今も大佐のところにいるの？」

「いや。おまえたちが連れて行かれたすぐあとにNGOが来て、アイーシャや俺や、子供たちのほとんどが武装解除に応じたんだ」

ヨアンは体ごと振り返ると、「あいつ」と長い腕で対岸を示した。緑色のバンダナで頭を覆った女性が、背に赤ん坊を背負って川面に屈んでいる。スコップで川底の砂を掘っているのだ。すぐ隣では四、五歳くらいの子供が、女性から砂を受け取りザルでふるっていた。

「なんて名前だったっけ？　ほら、おまえと同じ村から連れてこられた炊事係の……頭に火傷のある女」

「ああ」と頷いたものの、僕も名前が出てこない。僕の一番目の兄を好いてくれていた、体力のない、部隊に来た初めての夜に髪を焼かれていた女の子だ。ずいぶんと年老いた兵士の妻になっていたのを覚えている。

「え？　じゃあ、あの子」女性の隣の子供を指す。「ンゴール……ええっと……なんだっけ。とにかく、あの年寄りの子なの？」

「で」とヨアンは心底忌々しそうに片頬を歪めた。「背中の赤ん坊は大佐の子だよ」

「今は大佐の妻なの？」

「大佐がそう言い張ってるだけだ。武装解除で解放されてからこっち、故郷の村に帰った子とか親類の家に身を寄せてる子とか、そういう女の子たちを選んで訪ねては、夫を自称して犯して回ってるんだよ。大人たちも大佐の過去を察してるから、怖がってなにも言わない」

僕は言葉を失う。老兵から解放され部隊が解散してなお、自分を虐げた男が「夫」として現れるのだ。たとえ大佐が武器を持っていなかったとしも、その恐怖は計り知れない。

「アイーシャみたいにNGOの学校に通ってる奴らは無事だよ。大佐は、政府とか国際機関の目が届く子には手出ししないんだ。そういう約束で、無罪放免になってる。俺も最初は更生施設で職業訓練を受けてたから、大佐を見かけたのはつい最近だよ」

ヨアンはシャベルを握り直した。それで大佐を殴りたいのかもしれない。

アイーシャは銃をペンに持ち替えて売春婦となった。ヨアンはシャベルを得てダイヤモンドを掘っている。そして大佐はカラシニコフを手放し、自由に女の子たちを脅して回っている。

僕は、いったいなにになったのだろう。

泥を自分の頬になすりつけるアンヘルを見る。ダイヤモンドで買い取られたアンヘルは、少なくとも天使にはなれなかった。僕はこれから国を出てオークションに掛けられ、裕福な誰かに買われて、求められるまま歌い続けるのだろう。

「どうして僕らだけ……」自分の声が聞こえてから、呻いたことを自覚した。「どうして子供《僕ら》だけが、こんな風に扱われるんだろう」

はっとアンヘルの瞳が正気の色を帯びた。朝焼けに照らされた大地めいた強さだ。瞼を汚す泥も相まって、僕らが出逢ったリベリアを彷彿とさせる。

「あの女《ひと》は」アンヘルがヨアンの裾を引き、囁く。「ダイヤモンドを持っているよ」

ヨアンを、僕を——元兵士を唆す甘言だ。

懐かしい気分に襲われる。カラシニコフを構えて家々を襲って回ったあの日々の、獰猛な笑みに頬が引きつる。腹の底が温かくなった。「学校」での平和な生活の中で摩耗していた本能が、穴ぼこだらけの川の中で蘇る。

僕らは、兵士だった。

空腹を感じれば村を襲って食料を手に入れ、服を新調し、火薬とコカイン《ブラウン・ブラウン》の混合物とマリファナ茶さえあれば敵の銃弾だって怖くなかった。大佐をはじめとする大人からの暴力を恐れてはいたけれど、同時に大佐のような頑強で残忍な大人になることを夢見てもいた。

それが今はどうだ。

ヨアンの逞しい腕に支えられたアンヘルを見る。身長こそ迫るものの四肢は華奢だ。喉と胸に張り付いた脂肪ばかりが目立つ。大人の男にはほど遠い、天使の体がそこにある。

急激に恥ずかしさがこみ上げた。たとえ性器がなくとも大人になれるなんて、天使の歌声が武器になるなんて、どうして信じていられたのだろう。そんな生き方を、大人の機嫌におもねる生を、どうして受け入れられたのだろう。

——僕は兵士なのに。

「おい」と力強い手が僕の肩を摑んだ。デイジーが雇っている運転手だった。ヨアンの視線が素早く運転手の腰に走る。拳銃を確認したのだろう。

「大丈夫」僕は穏やかな微笑を作る。「戻ります」

「取り乱してごめんなさい」とアンヘルもまた、しおらしく詫びる。

運転手はバツが悪そうに顎をしゃくると踵を返した。早く泥水から出たいのか、アンヘルや僕に手を貸す素振りもない。好都合だ。

僕は大人しく運転手のあとに続いて川岸に上がる。アンヘルを支えたヨアンも倣った。

早々に川から引き揚げたダイヤモンド掘りの少年たちが、土手のあちこちに座り込んで食事を摂っていた。

「きみたちみたいな」僕らと一緒に川から上がるヨアンを振り返る。「ダイヤモンド掘りの報酬は、やっぱりダイヤモンドなの？」

ははは、とヨアンが声を上げて笑った。先を歩いていた運転手が、ぎょっと振り返る。手が腰の拳銃に掛かっていた。そんな運転手を無視して、ヨアンは朗らかにも聞こえる声で「まさか」と答える。

「昼に汁飯を食わせてもらって、あとは日に七レオン。デカいダイヤが出たって、親方が儲けるだけで俺たちには回ってこないさ。まあ、デカいって言ったって〇・二カラットとか、せいぜい〇・七カラットだけどな」

カラットという単位がどの程度の価値を持つのかはわからなかったけれど、七レオンという金額については理解できた。朝夕に食事を摂れば消える額だ。もちろん僕らが「学校」で与えられていた肉や魚、野菜なんかが入った料理じゃない。土手の少年たちが腹に流し込んでいるような、スープにちょっとした穀物が雑ざった椀がひとつきりだ。

ヨアンはもう、今日の稼ぎなんかには未練がない様子だった。意気揚々と、ともすればアンヘルを担ぎ上げそうな足取りで運転手を追って土手を登っていく。

僕は息を詰めて、運転手の腰で揺れる拳銃を凝視する。ゲリラにいたころはもっぱらカラシニコフやG3ばかりで拳銃を握る機会なんてなかった。掌が汗ばんでいる。「学校」では終《つい》ぞ覚えたことのない高揚感が湧き上がる。

運転手がアンヘルに追いついたことに安堵したのか、デイジーはすでに土手に咲いた場違いにカラフルなビーチパラソルの影の下にいた。真っ赤なアロハシャツを着た大柄な黒人の男がビーチチェアにふんぞり返っている。どうやらデイジーはアロハシャツの男となにかの交渉を始めているようだ。

「俺の親方だよ」くるくると手の中でシャベルの柄を回しながらヨアンが教えてくれた。「クズダイヤを後生大事に手提げ金庫に詰めてる」

ダイヤはいくつあったっていい、と続けたヨアンの声が聞こえたわけでもないだろうが、親方は大きな体を丸めてビーチチェアの下から小型の手提げ金庫を引きずり出した。掌ですくってデイジーに見せているのは、きらきらと攻撃的に輝くガラス片――ダイヤモンドだ。いびつな形のあちこちには、泥が挟まったままだった。

デイジーはあっさりと、ヨアンの日給を優に超える札を親方に渡している。

僕とアンヘルは大佐から、黄ばんだダイヤモンドで買い取られた。あれはこの川で少年たちが掘ったクズダイヤだったのだろうか。デイジーはまた、あのダイヤモンドで子供たちを買い取り、天使とするのだろうか。

デイジーの白い肌が太陽で赤く染まっている。あの日と同じだ。僕とアンヘルが買い取られたあの日も、この女は太陽に肌を焼かれながら僕らの前にいた。

どうしてここにアイーシャがいないのだろう、と強烈な寂寥感を覚えた。老兵の妻であり炊事係であった少女ではなく、アイーシャこそがここにいるべきなのに。

譲り受けたクズダイヤを透明なビニル袋に流し入れたデイジーは、憎悪のこもった瞳でアンヘルを一瞥する。彼女はアンヘルに耳を——幼いころの夢を否定されたと思っているのだろう。鋭い舌打ちの下から低く「死ぬまで」と呪詛を吐く。

「泣き叫ぶ《歌える》ところに売り払ってやるわ」

アンヘルは俯いたままだった。わずかに口元が緩んでいる。彼女が自分の耳ではなく、天使の歌声を呪ったことを嗤ったのかもしれない。

そんなアンヘルの表情に気づくこともなく、デイジーは「その男は？」と胡乱な眼差しをヨアンに向けた。

「俺の」

部下だよ、と言いかけた親方が「あ？」と間抜けな声を上げた。

ヨアンの振りかぶったシャベルが、親方の頭に叩き下ろされる。鈍い音がして親方の顔の半分が削げ落ちた。手提げ金庫からクズダイヤが、天気雨みたいに散っていく。

僕も、運転手の腰から拳銃を抜き取る。

撃鉄が発撃位置にあることはとうに確認してあった。親指で安全装置を外すと同時に引き金を絞る。骨を駆け上がる衝撃で狙いが逸れた。体のど真ん中を狙ったはずなのに、運転手の顎の下が真っ赤に爆ぜる。僕の母みたいな最期だ。

僕の発砲音を合図に、河原の子供たちが一斉に駆け出した。元兵士や、ゲリラに襲われたことのある子供たちは銃声に敏感だ。川を渡って対岸へと逃れようとする子や、土手を駆け登って親方や護衛に襲いかかる子。あちこちでシャベルが翻り、護身用の銃が火を噴く。

炊事係だった彼女の子が、逃げ惑う子供たちに突き飛ばされて泥の中に沈むのが見えた。助け起そうとする彼女も、背負った赤ん坊ごと川に蹴り入れられている。

シャベルを投げ捨てたヨアンが、ビーチチェアの下からカラシニコフを引きずり出した。親方が護身用に置いていたのだろう。淀みなく安全装置を外して残弾数を確認している。

僕は拳銃をアンヘルに渡してから、散らばったダイヤモンドをかき集める。

「俺たちが集めたダイヤモンドだ！」ヨアンが気紛れな発砲の合間に怒鳴る。「取り戻せ！」

思わず笑ってしまった。取り戻せ、と言って子供たちを煽りながら、その実彼はダイヤモンドを分け合う気などない。混乱を深めるためだけの嘘に決まっている。

ダイヤモンドを納めた手提げ金庫はずっしりと重たかった。アンヘルから拳銃を受け取り、代りに手提げ金庫を持たせる。

「ボクは」アンヘルは不安そうに僕を仰ぐ。「今度はなにになるの？」

僕らはもう、大人の持ち物ではなかった。アンヘルの手にはダイヤモンドがあり、僕には銃がある。

ははは、と笑い声がこぼれた。僕はアンヘルの手をとって走り出す。カラシニコフを軽々と提げたヨアンも一緒だ。

家電店が並ぶ大通りに出る。川辺の騒ぎを聞きつけた店が次々と鉄格子を閉め始めていた。通りの先に僕らが乗ってきたワンボックスカーが見えた。運転席に座る女と眼が合う。デイジーだ。護衛の男を捨ててひとりで逃げてきたらしい。

足を止めたヨアンがカラシニコフを構える。台尻を肩につけた、安定した姿勢だった。ワンボックスカーがとろとろと方向転換を図っている。穴だらけの道路にタイヤを取られてもたつき、ギアの合っていないエンジンが悲鳴を上げている。

ヨアンが引き金を絞った。雷鳴じみた発砲音が連続する。ワンボックスカーのエンジン音が途切れた。エンストを起したのだ。

ヨアンは素早くワンボックスカーに駆け寄って運転席の扉を開ける。ずるりとデイジーの体が流れ出た。その首元が真っ赤に潰れている。ごぼごぼ、と声にならない断末魔が血を泡立てているのが見えた。

デイジーを踏み越えて運転席に座ったヨアンが、エンジンを生き返らせる。

不意に、視線を感じた。首を巡らせば、家電屋の前に男が立っている。チェンバロを弾いていた、あのマエストロだ。強盗避けの鉄柵を閉めるところだったらしい。

僕はゆっくりと拳銃を構える。今度は撃ち損じないように両手で銃把を握って、マエストロとの短い距離を詰めていく。

僕の銃口が触れるまで、彼は動かなかった。脂肪のない薄っぺらい、壮年の男に似合いの胸に拳銃の銃口が食い込む。これなら眼を瞑って撃っても外さない。母のように顔を潰してしまうこともないだろう。

マエストロは怯えていなかった。命乞いもしない。死への恐怖も僕への憤りも感じられない、完全な無の表情でただ僕を見つめている。

「……どうして」問い質す声が掠れたことを自覚する。「抵抗しないの？」

「俺は、自分の行いが悪だと、理解している。この歳までよく生き延びたものだと、自分でも呆れるよ」

「だから、殺されても仕方がないと思っているの？」

「罰はいつか下るもんだ」

罰？　天使を売買する行為への罰が死だというのだろうか？　ならば僕らを天使にした連中への罰はなんだ。誰が連中に罰を下すのだろう。天使となる前の、ゲリラ時代の僕の行いは悪だろうか。「長袖」や「半袖」にした人たちがこの先、僕らを罰しに現れるとでもいうのか？　それとも大佐のような大人の男になれない、永遠の子供の声を有する天使にされたこと自体が罰だというのだろうか。

銃を握った手に力が入らない。頭の中で彼のチェンバロが流れている。すすり泣く子供のようなアンヘルの歌声が聞こえる。幻聴だ。緩く頭を振って追い払う。

昂っていた気持ちが急速に冷えていく。寒気すら覚えるほどだ。

乱暴にマエストロを押しやって店内へと侵入した。視界を遮る冷蔵庫やクーラーの群の向こう、チェンバロを閉じ込めた扉の前、ダイヤモンドの手提げ金庫がしまわれていたカウンターを回り込む。

カラシニコフが立て掛けてあった。バナナ型の弾倉が刺さっている。懐かしいのに、どこか忌々しいシルエットだ。手に取るとずっしりと重たい。

以前の僕はこの重みと生きていた。萎んでいた心が再び息を吹き返す。カラシニコフを肩にかけ、ダイヤモンド入りの手提げ金庫を摑んで駆け出す。

店の出口ではまだ、マエストロが立ち尽くしていた。

僕らの視線が絡んだ。言葉はない。僕はワンボックスカーに駆け戻る。彼は追ってこない。僕の暴挙を告発しようと騒ぎ立てる気配もしない。

そっと振り返ると、彼はまだ店の前にいた。まるで天使《僕》の旅立ちを見送る人間のようだ。

説明のつかない震えが走った。僕はワンボックスカーに逃げ込む。

運転席のヨアンが待ちかねたようにエンジンを吹かした。僕は戦利品であるカラシニコフと手提げ金庫を掲げてみせる。

「でかした！」とヨアンが拳をかざした。僕らは互いの拳を突きつけて笑う。

「ねえ」アンヘルの白い腕が僕の肩にしな垂れかかった。「ボクにも、できたよ」

「え？」と振り返れば、瞳を輝かせたアンヘルが僕を手招く。彼の白い肌を赤土が汚していた。いやに鮮やかな赤だ。導かれるまま後部座席に移る。

ヨアンがワンボックスカーを発進させる。穴ぼこだらけの道が車体を突き上げて、舌を嚙みそうになる。

後部座席の床がぬらりと光っていた。だらしなく服を寛げた女が転がっていた。顔が潰れているせいで容貌は判然としないけれど、肌の色から考えてデイジーだろう。体のあちこちから溢れた血と象牙色の脂肪とが、振動に併せてたぷたぷと波打っていた。ダイヤモンドを浚うメヤ川のようだ。

誇らしそうにアンヘルが両腕を広げた。その手に握られたナイフが瞬く。ヨアンが貸し与えたのだろう。刃と血の反射がアンヘルを彩っている。リベリアの夕日の色だ。兄《ニオ》を押し流したファーミントン川の水面のきらめき、シエラレオネを貫く赤土の道、メヤ川の泥、デイジーの血。そういう全部がアンヘルを彩っていた。

「ボクはもう天使じゃない。ゲリラになるんだ」

運転席のヨアンが低く、調子外れの鼻歌を歌っている。僕とアンヘルとが出逢ったときに競い合った、あの曲だ。肩のカラシニコフが重みを増した。

ふふ、とアンヘルは吐息で笑う。

「ボクだって人を殺せるんだ。これで、仲間に入れてくれるよね？」

僕は、答えられなかった。愕然としていたのだ。アンヘルがデイジーを――たとえ相手が瀕死であったとしても、人を滅多刺しにできたという事実に打ちのめされていた。そんな自分の失望感に、驚いていた。

　そうか、といまさら自覚する。僕はアンヘルこそが天使だと思っていたのだ。人を殺したことのない彼だからこそ、誰の腕も斬り落としたことのない彼だからこそ、僕とは違う「なにか」になれるのではないかと勝手に期待していた。

　だから僕は今、ヨアンにあらゆる罵声を浴びせたいと感ずるのだ。アンヘルを殺人へと導いたことを言葉の限り責めたかった。

　ナイフごと、アンヘルの手を包む。指を一本ずつ開いて丁寧にナイフを取り上げる。凶器を床に投げ捨てて、両手で彼の手を——なにも持たない柔らかな手を握りしめる。

「僕らはゲリラじゃないよ」

　え？　とアンヘルが顔を曇らせた。

「僕らは天使だ。昔、きみが言ったんじゃないか。可能性を信じて歌うのが、天使ってものなんだって」

　アンヘルは声もなく微笑んだ。可能性など微塵も信じていない顔だった。滅びを甘受する、寂しい笑みだ。似ても似つかないのに、マエストロが重なった。

「子供《僕ら》を傷つける人間を罰する、天使になるんだ。僕ら《天使》の歌声はみんなを勇気づける。僕はゲリラ時代に歌で子供兵士《仲間》を励ましていたから、よく知っているんだ。歌は武器だよ。天使の武器だ。僕らは大人なんかいなくても、自力で可能性を切り開ける。天使の存在こそが、可能性っていう神さまを創り出すんだ」

「つまりボクは……天使のままで生きていけるの？」

「そうだよ。誰も天使《きみ》を罰しない、傷つけない。天使を傷つける奴らはみんな、僕が罰してやる。たとえ君が歌声《武器》を失ったとしても、僕らはずっと一緒だ。仲間だよ」

僕らは天使の歌声《武器》を持っている。僕はカラシニコフ《武器》を取り戻した。アンヘルはナイフ《武器》なんか持たなくていい。僕が、守ってあげられる。

数秒、アンヘルは僕を見つめた。嘘を見抜こうとする真剣な眼差しだ。ややあって、彼の薄茶色い瞳がヨアンへ向けられる。

筋肉に覆われた逞しい腕でハンドルを操る大人の男が、そこにいた。

「そうだね」と声もなく頷いて、僕は運転席の背後へ回る。「彼はまだ、仲間じゃない」

すでに窓の外は広大な赤土の大地だけになっていた。とうに町を脱している。ジャングルの茂りが影となって地平線を描いていた。

「おまえたち」顔の半分だけで振り返ったヨアンが、僕らをひと括りに呼んだ。「どこに行きたい？　ダイヤも銃もある。どこにだって行ける、なんだってできる。そうだ、西に行こう。ギニアの海沿いじゃ、まだデカいダイヤが出るって話だ。二カラットだの五カラットだののデカいダイヤが盗れるぞ。もっともっと金持ちになれる」

「西の前に、学校に行かなきゃ」僕は運転席へと身を乗り出す。「あそこにはまだ、僕らの仲間がいるんだ」

「仲間？」

「天使だよ」

へ？　と面白くもない冗談を聴いた顔で、ヨアンが僕を仰ぐ。その刹那、僕は彼の股間に全体重をかけて両手を突っ込む。

アンヘルが運転席のヘッドレストに上体をかぶせて、ヨアンの両腕を抑え込む。

柔らかな睾丸の感触がした。ころりとした中身を指で掴み締める。ヨアンが声もなく体を震わせる。悲鳴の欠片と呼吸の塊が彼を支配していた。両掌にじっとりと汗だか血だかの湿り気が伝わってくる。

激しく体を揺さぶられて、舌を噛んだ。ヨアンがハンドルを握ったまま痙攣しているせいだ。それでも構わなかった。僕は念入りに、強く掌を開閉させて、彼の股間を潰す。別たれている間に僕らが味わってきた苦痛を、共有する。

どれくらい経ったのか、ワンボックスカーは完全に停まっていた。エンジンすら息をひそめている。

ひ、ひ、とヨアンの引きつった呼吸だけがうるさく繰り返されている。

僕はカラシニコフを肩から下ろす。ゆっくりと抱きしめる。血の臭いがした。汗と泥の臭いかもしれない。

穏やかに、アンヘルが歌い出す。神さまという概念を讃えるために去勢された天使の、豊かで上品で残酷な宗教声楽曲《モテト》だ。アンヘルが——血と泥にまみれた天使が、すすり泣く声だ。

僕もそっと、秘め事を告白する声音で唱和する。

ちか、とワンボックスカーの床が輝いていた。沈みゆく陽光に照らされたダイヤモンドだ。あの日、僕らを天使とするために支払われたクズダイヤが、アンヘルを飾っている。

意識のないヨアンの、筋肉質で分厚い胸板を撫でる。

「学校に行って、仲間を助け出そう。それからアイーシャを迎えに行くんだ。大丈夫。僕らはずっと仲間だよ。きみも、天使になれる」

メヤ川の流れのように停滞していたアンヘルの歌声が、曲調を変えていく。重厚なモテトから陽気なアリア、力強いポップスへ。ラテン語からスペイン語、フランス語、英語へと移り変わり、だんだんと歌詞が失われる。もはやどこの国の言語でもない。声の限り高音へと翔け上がる。

「マライア・キャリーだ」と僕が。

「クリスティーナ・アギレラだよ」とアンヘルが、唇の端を歪めて言う。

本当はどっちだっていい。たぶん、どちらでもない。僕らはどちらの歌姫も知りはしない。これは声を失うこと《滅び》を約束されたアンヘル《天使》の歌だ。大人たちでは届かない、永遠の子供たちの領域だ。

「僕らの世界を創ろう」カラシニコフを掲げて宣言する。「子供と天使だけでも生きていける世界にするんだ。銃もダイヤもある。僕らはきっと、もう少し、マトモに生きられる」

　そうだろ？　と誰にともなく問うた僕の足下で、血に沈んだダイヤモンドが瞬いた。きっと可《神》能性《さま》ってやつが同意してくれたんだ。そんな気がした。

終章

14

ヒースは日がな一日、椅子に座って過ごす。「学校」で怪我を負い、病院からここへ移ってからの二年と少しの間、ずっとそうして過ごしている。

縫製工場の前の日当たりのよい広場がヒースの定位置だった。雨季の間はそれが工場の軒下になる。

もっとも工場の軒下は雨季も乾季も、売春婦や身寄りのない子供たちの寝床だった。縫製工場で働く伯母の家に自分のハンモックがあるヒースは、どちらかといえば彼女たちの寝床に間借りさせてもらっている形だ。

ダカダカと忙しないミシンの音を聞きながら、ヒースはただ椅子に座っている。このまま脚が地面に食い込んで根を張って、マンゴーの木にでもなれればいいのに、と考える。

とはいえ、木になったところで傾いた貧弱な木にしかなれないだろう、と自嘲する。ひょっとすると実を成すことはおろか、花ひとつ咲かせられないかもしれない。

――なにしろオレは男じゃないから。

ぐったりと項垂れて、ハーフパンツに包まれた股間に視線を落とす。男性器を失い骨ばかりがごろっと浮き出ているそこに、今は赤ん坊が横たわっていた。ふにゃりとした笑みとも愚図りともつかない顔の下で、ヒースは居心地悪く両の膝を寄せる。

日がな椅子から動かないヒースは、母親たちにとってはちょうどいいベビーベッドだった。そもそもヒースは赤ん坊がずり落ちないように、その柔らかい体に左腕を添える。そもそもヒース自身が椅子からずり落ちかねない姿勢でしか座っていられない。腰に人差し指の先がすっぽりと納まるほどの銃創があるせいだ。皮膚だか筋肉だかが引き攣って体を曲げることが難しい。太ももの肉が抉《えぐ》られているために足の踏ん張りが利かない。肩の骨も損傷しているらしく腕を大きく動かすこともできない。

なによりも、右腕の肘から先がなかった。

だから、ヒースは日々ぼんやりと景色を眺めている。

シエラレオネの首都フリータウンの郊外にある、草木が生い茂る斜面に無理やり家を建てているような地域だ。遠くに望むクライン湾の潮風が届いているのか、赤土の坂道はいつでも粘ついている。雨季は斜面全体が川のような流れに覆われ、乾季は砂埃で体中が土色に染まる。

国連だかNGOだかが築いた家はどれも一様に黒い土台を履いて、なんとか坂道に踏み留まっている。いつ傾き、コンクリートの壁がひび割れ、屋根の赤い瓦が滑り落ちてきても不思議はない造りだ。その中の一軒にヒースの伯母が、彼女の四人の子供たちとともに住んでいた。ヒースもまた伯母の家に引き取られて一緒に暮らしている、ことになっている。少なくとも、ヒースを伯母へ引き渡したボランティアたちはそう信じている。

ヒースの家は、もっぱら工場の軒下だった。

「学校」で撃たれ、右腕を手榴弾で吹き飛ばされたヒースは病院に収容された。そのまま家族の下に戻されるはずが、故郷の家はテロリストによって燃やされていた。ヒースを売り払った母はともかく、姉や妹、弟や祖父母の行方はわからなくなっていた。安否情報すら入らない始末だ。もっとも、ヒースは家族の食い扶持のために売られたのだ。よしんば家族の居場所がわかったとしても、満足に体を動かせないヒースを温かく迎え入れてくれるとは思えなかった。

そういうわけで、ヒースは伯母の嫁ぎ先へと送られた。それが、ここだ。

縫製工場で働く伯母は、二言目には「働きなさいよ」と言う。

「ミシンなら教えてあげるからさ」

「こんな手で」とヒースは肘から先のない右腕を掲げる。「なにができるって言うんだ」

「できるでしょう」叔母はカラカラと大口を開けて笑う。「器用な左手の先も目玉も残っているんだから、針に糸くらい通せるでしょうが。脚だってあるんだしミシンくらい踏めるわよ」

「ミシンなんて……裁縫なんて女の仕事じゃないか」

「なに言ってんの。ムジーブもアディーも男の子だけどミシンを踏んでるじゃないか」

「あれは……」

手首が残っているじゃないか、と反論する声が尻すぼみになって消えていく。「女の仕事」という言葉が、一拍遅れてヒースの胸を圧迫する。では自分はなんだ？　という疑問が下腹部からせり上がる。性器を失っても男だと主張できるだろうか。男だから他の同年代の子たちと同じように家具や家電、家屋を修理する仕事に就かせてくれと言えるだろうか。言ったところで、背を伸ばして椅子に座ることすらできず、右腕も半ばから断たれたヒースにできることは限られている。

要は駄々をこねているのだ。その自覚が薄っすらとある。

伯母はいつでも、そんなヒースの甘えた気持ちを豪快に笑い飛ばす。

「じゃあせめて、女の子たちの役に立ちなさいな」とヒースの膝に赤ん坊を乗せていく。「腕があるんだから、赤ん坊が落ちないように抱っこしてあげなさい」

ヒースに預けられる赤ん坊は都度、変わった。首が座るかどうかの月齢の子から、自分の脚で立ってヒースの指先を握っている子、「こっち来て」とヒースを椅子から引きずり下ろして地面に絵を描く子とさまざまだ。

どれも伯母の子ではない。工場で働く女の子や売春婦をしている子の赤ん坊だ。

女の子たちはたいてい自分の子を紐で背負いながら働いている。食事を作るときも、赤ん坊を背負ったまましゃがみ込み、煮立つ鍋や炎の様子を見ている。学校の授業だって赤ん坊を背負ったまま受けている。

ヒースが役に立つのはせいぜい、独立心を獲得しはじめた子が母親から少しの間だけ離れてみたいと願ったときか、母親である女の子が売春をしている間くらいのものだ。

ヒースは、膝の上でふにゃふにゃと口を開閉させている赤ん坊がしたいようにさせている。赤ん坊が落ちないように囲った左手の指を握られても、取り返したりはしない。切断された右腕の断面を突かれても放っておく。なにが楽しいのか、赤ん坊は上機嫌に笑い、けれどすぐにどこか遠くを眺めたりもする。

母親を探しているのかもしれない。

赤ん坊の視線を追って顔を巡らせたところで、赤土の坂を登って来る伯母が見えた。

その後ろに何人もの大人の男女が続いている。黒人と白人が入り雑じった編成だった。誰もが栄養の行き渡った、恵まれた体格をしている。国連だかNGOだかのスタッフだろう。ときおり自分たちの支援が円滑に機能しているかの視察に訪れるのだ。

けれど今日は様子が違った。伯母は「ヒース」と片手を挙げる。

「あんたに、お客さん！」

オレに？　と首を傾げる。病院からここへと移されるときに世話になって以来、ああいった福祉の手とは無縁だった。

と、大人たちをかき分けて、女の子が駆け寄って来る。赤ん坊の母親だ。年のころはヒースとさほどかわらない。二十歳にもなっていないだろう。赤い巻きスカートにTシャツを着て、サンダルを履いている。むき出しになった足の指は赤土で汚れていた。

「ありがとう」女の子はヒースの膝から赤ん坊を抱き上げる。「愚図らなかった？」

「おとなしくしてたよ」

そう、と笑いながら、女の子は赤ん坊に紐を回して背負う。両手ともにそろった十本の指で赤ん坊を支える紐を素早く結ぶ。

その仕草が、ひどく羨ましかった。

「赤ちゃん、ほしい？」

へ？　と間抜けな声がもれた。どうやら、彼女を見つめる視線を誤解されたらしい。ヒースがほしいのは赤ん坊ではなく、自由に動く十本の手の指だ。

女の子は「あげないよ」とはにかんだ。

「この子は、わたしの宝物なの。この子だけが、今のわたしの家族なの」

そう、とヒースは吐息で答える。

ふえ、と赤ん坊が顔をしかめた。すぐに豪雨のような泣き声が迸る。

「なぁに？」女の子が肩越しに赤ん坊を振り返る。「わたしのおんぶより、ヒースの膝のほうがよかったの？」

女の子は赤ん坊を優しく揺すりながら歩きだす。優しい声音で、歌い始める。

子守歌だ。

そう思ったものの、二小節目には違うと知れた。明るい曲調のポップスだ。音程のつながりがひどく怪しい。彼女なりのアレンジというより、音痴なのだ。

それでも耳が、自然と聞き覚えのあるフレーズを拾う。「学校」で同室になった男の子が教えてくれた歌だった。けれど旋律が微妙に違う。

苦笑して、女の子の子守歌に唱和するべく口を開いたとき。

「きみ」大人の群から硬い声が飛んだ。「それ、マライア・キャリーの歌だろう？　きみが歌っていい曲なのかい？」

女の子は束の間、なにを指摘されたのかわからない、という表情で口を噤む。赤ん坊の泣き声ばかりが響き渡る。

「きみのルーツは？　マライア・キャリーのルーツを知ってる？　彼女のルーツを知らずに彼女の歌を口にすることは冒瀆だよ」

矢継ぎ早の問いに、女の子は不愉快そうに舌打ちをした。

「これは、わたしの弟の歌だよ。わたしが兵士だったときに、カラシニコフを抱えて眠る夜に、弟が歌ってくれたんだ。歌っていい曲？　なにそれ。わたしはね、歌いたいときに歌いたい歌を歌うの。わたしの家族や仲間を思い出して歌うの」

文句ある？　と凄んで、女の子は大人たちを押し退ける。高らかに調子外れのマライア・キャリーを歌いながら、赤ん坊の泣き声を伴奏にして坂道を下っていく。

ヒースは久し振りに声を上げて笑う。バツの悪そうな顔をした大人たちが、愉快だった。笑い声の延長で、最初の音を探る。

彼女が歌っていたあの曲を教えてくれた男の子を思い出す。「学校」で同室だった子だ。「学校」に辿り着いたその夜に躊躇なく、敵対グループに所属していた子供兵士を銃剣で刺し殺していた。そんな苛烈で粗暴な振る舞いのわりに、彼の周りにはいつも仲間がいた。きっと彼の歌う陽気なポップスに惹かれたのだろう。彼が歌うと同じフロアの子が次々と集まってきたものだ。「この苦痛を乗り越えれば」別の子の声がした。「もう少し好い将来がある。今、堪えれば、将来は怯えることなく生きていられるかもしれない。そういう可能性を、神さまって呼ぶんだよ」

もうひとりの同室者の、幻聴だ。神さまとは可能性を信じるための概念なのだと説いた天使《アンヘル》の声が、こんなに拓けた土の上で聞こえる。

ヒースは記憶の中にいるふたりの音を辿る。どこか繊細で、ともすれば乾季の風ですり切れてちぎれてしまいそうな声音を思う。渋い顔の大人たちに囲まれて、どこまでも届きそうな高音で、仲間たちと歌った曲を歌い上げる。

最後の音を息の限界まで出し切った途端に、拍手が聞こえた。とうに坂を下りたと思っていた女の子が、大人たちの向こうで大きく手を振っていた。背中の赤ん坊は大きな目を瞬かせて泣き止んでいる。

「なぁに、きみ、凄いじゃない。歌えたの？　いっつもボソボソ喋ってたから絶対歌わない子だと思ってた」

女の子は両脚で小さくジャンプをしながら「また歌ってね」と嬉しそうに笑う。

「黙って座ってるより歌ってたほうがいいよ。ずっと歌っててよ、ラジヲみたいに」

女の子は一方的に叫んで、くるりと背を向けた。踊るような足取りで赤土の坂を下っていく。

大人たちは互いに顔を見合わせて、諦めた様子で首を振った。女の子の喜びように呆れたようにも、ヒースに歌声の正当性を問うことを諦めたようにも思える反応だ。

ひとりの男がヒースの前に屈みこむ。赤ん坊の熱を失ったヒースの左手に気安く触れて、「きみは」と重々しい口調で切り出す。

「ここに来る前に、訓練学校にいたね？」

さあ？　とヒースは左手を取り戻しながら、首を傾げる。

「先週、その訓練学校で……小競り合いが、あったという報告が来てね。犠牲になった子供たちの状態が……少し、きみに似ているんだ」

ヒースは項垂れる。ハーフパンツに隠された自らの股間を見る。この大人たちは、ヒースが病院に運ばれた際の記録を確認した上でここを訪れているのだ。

同じ状態の子供たちが――あの「学校」で造られた天使たちが、犠牲になるような事件が起きた。隠蔽できないほどの人数が傷つき、病院に運び込まれたのだろう。

天罰だ、とヒースは薄く唇を歪める。犠牲になった子供たちに下った罰じゃない。子供たちに歌を強い、信仰や神さまを穢した大人たちへの罰だ。

「あそこではね、天使を造っていたんだ。天使の歌声を出せる、永遠の子供だよ」

大人たちがざわめく。「やっぱり」という声から「まさか」という否定、「ひどい」と口元を覆う者もいる。

「あなたも」別の大人が無作法にも、ハーフパンツの裾の上からヒースの膝頭に触れる。「天使なの?」

ははは、とヒースは嗤う。昔は子供だった大人たちの、黒かったり白かったりその中間色だったりする顔を順に見回す。どれも同情と少しの好奇心とで歪んでいた。天使にはほど遠い、人間の顔だ。

きっと今の自分も同じ顔をしているのだろう、とヒースは目を眇め、頰を緩める。

「オレはね、天使になんか、なりたくなかった。その辺に落ちている、石ころみたいなものでいたかったんだ。たぶん、みんな、そうだった」

——オレたちはみんな、ただの、普通の子供でいたかったんだよ。

了

天使《てんし》と石《いし》ころ

二〇二四年二月二十日　印刷
二〇二四年二月二十五日　発行

著者　藍《あい》内《うち》友《ゆ》紀《き》
発行者　早川　浩
発行所　株式会社　早川書房
郵便番号　一〇一 - 〇〇四六
東京都千代田区神田多町二ノ二
電話　〇三 - 三二五二 - 三一一一
振替　〇〇一六〇 - 三 - 四七七九九
https://www.hayakawa-online.co.jp
定価はカバーに表示してあります

Printed and bound in Japan

印刷・精文堂印刷株式会社　製本・株式会社フォーネット社

ISBN978-4-15-210311-6 C0093

第八回アガサ・クリスティー賞受賞作

入れ子の水は月に轢かれ

オーガニックゆうき

４６判並製

双子の兄の身代わりとして、偽りの人生を生きてきた孤独な青年・岡本駿。母を振り切って実家を飛び出し、放浪の末に辿り着いたのは、那覇の水上店舗通りだった。高齢フリーターの川平健、老女傑の鶴子オバアと出会った彼は、やがて奇妙な水難事件に遭遇する！